Fouad Laroui · DIE ALTE DAME IN MARRAKESCH

Fouad Laroui

DIE ALTE DAME IN MARRAKESCH

Roman

Deutsch von Christiane Kayser

Merlin Verlag

ERSTER TEIL

FRANÇOIS UND CÉCILE

1

Wie wäre es, wenn …

„Wie wäre es, wenn wir uns einen *Riad* kauften?"

François' Stimme ist fast kindlich, aber dennoch liegt etwas Ernsthaftes in ihrem Klang, wie ein Hintergrundgeräusch, wie eine kleine hartnäckige Note als *continuo*, eine Art von Obsession (jetzt schon?), eine Herausforderung oder eine Hoffnung, Hoffnung, die nicht zu hoffen wagt …

Er hat sich vor seiner Frau aufgepflanzt und insistiert:

„Also? Was hältst du davon, wenn wir uns einen *Riad* in Marrakesch kaufen?"

Cécile lässt sich nicht einmal dazu herab, den Blick von ihrem Buch zu heben. Sie hat sich in ihrem alten, abgeschabten Ledersessel verschanzt, runzelt leicht die Stirn, um François anzudeuten, dass sie keine Lust hat ... nein, wirklich keine Lust hat, an dieser Unterhaltung teilzunehmen, die ebenso rituell, wie zusammenhanglos, wie unnütz ist … (auf ihrer Buchseite sieht sie einen Wirbelwind von Adjektiven herumtoben). Es ist eine Unterhaltung, die er jeden Abend pünktlich nach den Acht-Uhr-Nachrichten beginnt, während sie auf den Film im zweiten Programm oder den Dokumentarfilm auf ARTE warten … oder auf etwas anderes („Warum sehen wir so viel fern?", wird sie nachher fragen, zum hundertsten, zum tausendsten Male …).

François, der verhinderte Träumer, ist süchtig nach Gucklöchern …

Die Werbepause, in der er immer den Ton abstellt, leicht angeekelt („Gehirnwäsche!"), weckte in ihm die Sehnsucht danach, *Leine zu ziehen* („wie mein Vater immer sagte"), sehr weit weg zu gehen; doch indessen ging er nur im Wohnzimmer hin und her, hektisch, zermürbt von vorgetäuschten Macken, die er für den guten Zweck erfand, als bedürfe es zumindest eines anderen Kontinents, um sie zum Verschwinden zu bringen; er entfaltete seine ganzen ein Meter neunzig, auf die Gefahr hin, die Deckenlampe herunterzuholen („oder den Mond“, sagte Cécile – noch ein ritueller Scherz …); dann hielt er inne und starrte ins Leere, ins Verschwommene, während er mit lauter Stimme verrückte Pläne ausheckte. Mal war es Thailand, Tuva, die Pampa, das weite australische *Outback* …

Er liebte dieses Wort, *Outback*, ohne genau zu wissen, was es bedeutete, denn es klang für ihn wie ein festes Versprechen auf ein Abenteuer. „*Out/back* bedeutet auf Englisch außen/hinten!“, rief er. „Stell dir mal vor, an einem Ort leben, der ‚außen/hinten‘ heißt! Das ist reine Poesie! Das ist verrückt! Stell dir das mal vor! Es klingt wie Baudelaire, erinnerst du dich: ‚*Anywhere out of this world!*‘“ Er sprach es *zis weurld* aus. „Und diese Namen: Uluru, der Nationalpark Kakadu …“

Seine Frau sah ihn verdutzt an, fragte sich, warum sie einen solchen Spinner geheiratet hatte. Baudelaire in Belleville?

„Kakadu, Uluru, Papperlapapu“, hatte sie diesmal geantwortet.

Er hatte den ganzen Abend geschmollt.

Ein paar Wochen lang war es Montana: François hatte gerade den *Pferdeflüsterer* gesehen. Ach, Montana! Er sah sich als rauen, lebenserfahrenen Cowboy, Marlboro Cowboy, aber ohne Zigarette (was zu viel ist, ist zu viel), wortkarg und tierlieb, mit forschendem Blick in den Himmel, die Wolken lesend, in die Hände spucken, bevor er irgendein Seil anfasste, sei es erträumt oder wirklich, daraus wurde dann ein weites Lasso. Sein Gang wurde etwas breitbeinig … Cécile hatte dieser Marotte ein Ende bereitet, indem sie eines Abends, gleich nach den Nachrichten, seinen Kopf fest in die Hände nahm und ihn Auge in Auge, die Worte deutlich aussprechend, als richte sie sich an ein Kind oder einen etwas Zurückgebliebenen, fragte:

„Und was soll ich dabei tun, geliebter Viehhirte, was soll ich den ganzen lieben *bloody* Tag tun, während du mit deinem Kumpel Robert Redford über die Wiesen galoppierst?"

Er hatte keine Antwort gefunden.

Montana tauchte im Nebel unter.

Aber François hatte dennoch nicht aufgehört, in Gedanken die Welt zu durchqueren und sein Zelt an den unwahrscheinlichsten Stellen aufzuschlagen. Diese wilde Sehnsucht nach dem Anderswo („bevor mich Belleville begräbt", sagte er und sah mit einem vorwurfsvollen Ausdruck über die Dächer hinweg auf den Park), diese Sehnsucht war vor ein paar Jahren plötzlich über ihn gekommen. Er hatte von einem unverheirateten alten Onkel ein hübsches Sümmchen geerbt, das er sofort in Anleihen und Immobilienfonds investiert hatte, doch es ermöglichte ihm auch seither, in seiner Vorstellung tonnenweise Sand, Schnee, Tundra oder Savanne zu besitzen …

An jenem Abend war er noch hartnäckiger als sonst.

„Sag', sollen wir uns nicht einen *Riad* kaufen?"

Cécile seufzte, legte ihr Buch auf dem niedrigen Tisch ab, nachdem sie vorsorglich die Seite, auf der sie gerade war, geknickt hatte, schloss sekundenlang die Augen und übernahm dann widerstrebend ihre übliche Rolle als Mörderin der Träume ihres Gefährten – widerstrebend, denn auch sie verspürte von Zeit zu Zeit das Gewicht der Routine, der Tage, die ein wenig zu sehr an die vorhergehenden erinnern; doch sie hatte auch Angst vor dem Sprung ins Ungewisse, den er ihr regelmäßig vorschlug, vor dem totalen Bruch mit jener Routine, die sie manchmal beruhigte …

Sie ging systematisch vor und drang zuerst zu den Quellen dieser neuen Marotte vor.

„Was hast du in den Nachrichten gesehen?"

„Na, nichts …"

„Doch doch, sag' es mir."

„Nichts … Also, eh, die haben gesagt, dass die Hälfte der Regierung das Jahresende in Marrakesch verbracht hat. Anne Sinclair besitzt dort ein Haus, einen *Riad*, Bernard Henri Lévi auch, Pierre Bergé, Delon ..."

„Und all diese Leute willst du unbedingt treffen?"

„Nein, das ist es nicht, das weißt du doch, aber … Der Fernsehbericht hat mich eben beeindruckt …"

„Jetzt lässt du dich also von Fernsehberichten ‚beeindrucken'?"

„Also gut, hör auf, dich über mich lustig zu machen, ich hab' ja nur gemeint. Sie haben jedenfalls Bilder von Marrakesch gezeigt. Das Licht da ist unglaublich …"

„… Sicher das gleiche wie in Montpellier oder Toulouse …"

Er zuckte die Achseln und fuhr fort: „Stell dir mal vor. Du bist mitten in der Wüste, also in einem Palmenhain, einer Art von Oase und zugleich siehst du in der Ferne den Schnee … den ewigen Schnee!"

„Den des Kilimandscharo?"

Cécile brach in lautes Lachen aus, während François betrübt den Kopf schüttelte.

„Aber nein, du Dummerchen, den Schnee des Atlas!"

Sie fing an zu trällern:

„Elles te feront un blanc manteau / où tu pourras dormir ... "

François pflanzte sich mit zusammengebissenen Zähnen vor ihr auf, die Hände in die Hüften gestemmt.

„Kannst du mich nicht einmal ernst nehmen?"

Etwas im Ton seiner Stimme warnte Cécile, dass sie einen

Gang runterschalten musste. Sie richtete sich auf und setzte sich mit ernster Miene in den Sessel.

„Aber ich nehme dich *immer* ernst, Liebling. Doch du kannst auch nicht erwarten, dass ich mich jeden Abend um 20:30 Uhr für Ideen begeistere, die in der Luft verpuffen, *Pschiit* machen, wie der arme Chirac sagte ..., die unweigerlich *Pschiit* machen ..."

Er hob die Arme zum Himmel und trompetete wie ein Elefant.

„Jetzt verstehe ich, warum es Kerle gibt, die ihre Frauen am Ende erwürgen! Du nervst! Das ist eben ein Teufelskreis. Meine Ideen machen *Pschiit,* weil ich in meiner Ehefrau nicht das ... das Fund..."

„Du meinst das Fundament?"

„Die erste Grundlage."

„Die erste Geige?"

Sie musste lauthals lachen und ließ sich in den Sessel fallen, ruderte mit den Beinen. François stürzte sich auf sie, legte seine großen Hände um ihren Hals und schrie:

„Ich erwürge dich!"

Sie balgten sich minutenlang auf dem Sessel, der gefährlich knarrte. Dann stand François plötzlich auf und postierte sich vor das Fenster, als hielte er nachts Wache auf der Brücke eines unbeweglichen Schiffes. Der Regen fiel jetzt in dichten Tropfen. Man konnte die Dächer von Paris in der Ferne kaum erkennen. Der Park war verschwunden.

Cécile erhob sich und stellte sich neben ihren Mann, ohne ihn zu berühren. Sie sah ihn von der Seite an und war bestürzt über sein unglückliches Gesicht. Wie konnte er nur so schnell vom Lachen zum Weinen übergehen und umgekehrt? Sie stellte sich auf Zehenspitzen und legte ihm so gut es ging den Arm um die Schultern. Er sackte leicht zusammen. Sie flüsterte ihm ins Ohr: „Mein armer François, du hast eine schöne Midlife-Crisis, außer dass du sie schon mit 45 hast, schönes, frühreifes Kind …"

Er machte sich los und stieß mit der Stirn sanft gegen die Scheibe.

„Wir brauchen etwas anderes … Scheiße, es gibt nicht nur Michel Drucker im Leben."

„Hör doch auf, wir sehen uns Michel Drucker *nie* an."

„Das macht aber keinen Unterschied. Noch ein weiteres Jahr dieses Lebens und dann wird es Drucker sein. Wir brauchen etwas anderes."

„Das ist ganz schön vage."

„Etwas ganz woanders."

„*Ganswanders?*"

„Einen *Riad* in Marrakesch, das würde es bringen …"

„Das ist das schlimmste Immobilienmakler-Verkaufsargument, das ich je gehört habe … Aber seltsamerweise ist es auch das Überzeugendste."

Sie hielt kurz inne, dann:

„Na denn, los, machen wir's!"

Er wandte sich staunend zu ihr um:

„Was hast du gesagt?"

„Ich habe gesagt: Machen wir's. *Just do it,* wie sie in der Werbung sagen."

„Sicher?"

„Ganz sicher!"

Er sah sie weiter vorsichtig an, als erwarte er ein schallendes Gelächter, einen grausamen Scherz, ein Wortspiel. Sie blieb dabei:

„Ich sag' dir doch, ich mache mit! Ist ja gut, morgen machst du einen Termin mit deinem Banker."

Er lächelte, immer noch ungläubig, doch er ging darauf ein.

„Du meinst meinen *Berater*. Mich wird nicht der dicke Sack mit der Zigarre des Karikaturisten Plantu empfangen, sondern eine junge Frau, wahrscheinlich Abgängerin einer Wirtschaftshochschule, sie trägt ein sehr strenges Kostüm …"

Sie entfernte sich murrend.

„Warum erzählst du mir das alles? Mit dem *Riad* bin ich einverstanden, aber ich will die Geschichten über deine unvorstellbaren Abenteuer mit Vamps in Kostümen in den Gängen der *Banque Nationale de Paris* nicht hören."

„Mach' nur weiter so, dann werde ich mit dem Vamp nach Marrakesch ziehen."

„Schaffst du gar nicht."

Sie ergriff wahllos eine Nippesfigur auf der Anrichte und tat so, als werfe sie sie ihm ins Gesicht, er tat so, als weiche er aus, bückte seinen großen Körper ungeschickt zur Seite. Sie hatten diese kleine Pantomime bei ihren üblichen Neckereien hundertmal gespielt.

Im Bett, unmittelbar bevor sie ihre Nachttischlampe ausknipste, überkamen sie leichte Angstgefühle und sie fragte:

„Triffst du dich morgen wirklich mit deiner Tante von der BNP? Wirst du deine Aktien und deine … dein Immobiliending, also den ganzen Krempel verkaufen, und wir kaufen vier Wände am Fuße des Atlas?"

„Ja."

Sie hakte noch einmal nach mit Angst erfüllter Stimme.

„Es steht also fest, wir werden zwischen Delon und Bergé wohnen?"

„Was hält uns hier?"

Sie seufzte.

„Nichts, Nichtigkeiten. Meine Arbeit, deine, ein warmes Baguette zum Frühstück, mein alter Sessel, die FNAC, unsere Freunde, La Baule, die Möglichkeit einer guten Flasche Wein zum Abendessen, ein französischsprachiger Automechaniker …"

Er zuckte mit den Achseln.

„Unsere Freunde sind uns willkommen, ich bin übrigens überzeugt, dass wir sie in Marrakesch öfter als hier sehen werden. Die FNAC, ich weiß, du scherzt, aber nun gut, unter den Palmen haben sie doch bestimmt auch ein paar Bücher. Sonst klauen wir ein paar aus dem *Riad* von BHL, wenn er und Arielle beim König zu Besuch sind ..."

„Idiot. Ich meine es ernst."

„Gut, dann sehen wir uns die wirklich wichtigen Dinge an. Deine Arbeit, du kennst alles auswendig, bist du die ‚Kulturpolitik der Stadt' nicht ein wenig leid?" Er krümmte seine Finger um die Anführungszeichen auszudrücken. „Du hast ja sowieso nur einen Zeitvertrag; könnte sein, dass sie ihn nicht verlängern … Wenn du kündigst, gehst du in die Offensive."

„Ach so, ich werde kündigen?"

„Na klar, ich weiß ja nicht, wie du das anders regeln könntest. Leider kannst du keinen unbezahlten Urlaub nehmen wie die hohen Beamten."

„Und du?"

„Also ich werde einen Geschäftsführer für den Laden finden. Oder die kleine Maryse könnte es ja auch alleine versuchen, wenn sie ein Problem hat, ruft sie mich an. Heutzutage tut sich ja nicht viel in Bezug auf moderne Kunst. Wir haben Geld in der Hinterhand. Wenn wir jetzt nicht weggehen, werden wir *verzysten* ..."

„Wie bitte?"

„Ich meine, wir werden verkrusten, werden wie eine Zyst..."

„Redest du jetzt schon Kauderwelsch? Du hast es wohl sehr

eilig. Warte doch bis du am Fuß des Kilimandscharo … ich will sagen am Fuß des Atlas bist, um die französische Sprache zu misshandeln."

Sie knipste die Lampe aus und schloss die Augen. Der Schlaf kam sehr schnell und war sehr unruhig. Vor Céciles staunenden Augen ohrfeigte Bergé Delon. Ach nein, sie trug eine *Gandura*?

2

Es geht weiter

Beim Aufwachen beugte sich ein besorgter François über Cécile und fragte mit leiser Stimme, ob sie sich an die Diskussion des Vorabends erinnere. Sie antwortete nicht, tat so, als schliefe sie.

„Cécile …"

Sie schob ihn zurück, wedelte vor sich wild die Hände, mit geschlossenen Augen, dann warf sie die Bettdecke von sich und sprang genervt aus dem Bett.

„Aber ja, du Idiot, ich erinnere mich daran, ich bin noch nicht vertrottelt. Meine Güte …"

Er lief ihr in die Dusche nach.

„Es ist also o.k., ich mache einen Termin mit meiner Beraterin?"

„Genau, besuch' deine Kokotte im Kostüm. Und jetzt raus aus *meiner* Dusche."

Während des Frühstücks kam er noch einmal darauf zurück.

„Aber du wirst mir nie vorwerfen, dass du wegen mir deinen Job aufgegeben hast."

Sie nahm einen Schluck Kaffee, bevor sie antwortete.

„Nein. Übrigens habe ich heute Nacht darüber nachgedacht. (Ja, ich konnte nicht schlafen, BHL hat mich geweckt …) Ich werde die Zeit nutzen, um …"

Sie zögerte einen Augenblick, dann richtete sie das Messer, das sie zum Streichen der Butter auf ihr Brot benutzte, auf ihn.

„Wenn du dich über mich lustig machst, bringe ich dich um."

Er gab die beleidigte Unschuld: „Ich soll mich über die Lüüübe meines Lebens lustig machen, über mein kleines Täubchen, über mein …?“

„Schon gut, spiel' nicht den Deppen. Also, ich werde dieses freie Jahr nutzen, um …“

Er unterbrach sie.

„Aber warum redest du von einem Jahr? Wer weiß? Vielleicht bleiben wir für immer dort ...“

Cécile biss sich auf die Zunge. Sie gab dieser Marotte nur ein paar Monate, aber sie wollte sich nicht verraten.

„Ich sage das nur so … Also, ich werde es nutzen, um zu schreiben … ein Buch zu schreiben.“

Sie sah ihn herausfordernd an. Er rührte sich nicht, hielt den Atem an, vermied es sogar, seine Frau anzusehen. Er kannte diese Art Situation genauestens.

„Du sagst nichts?“

„Was soll ich denn ...?“ Verzweifelt suchte er nach der *richtigen* Antwort. „Also, eh, natürlich unterstütze ich dich …“

„Was? Welche Gnade, dass du mich unterstützt …!“

„Ich meine damit: Ich stehe *hinter* dir. (Schnell, eine Ablenkung!) Worüber schreibst du denn?“

„Das weiß ich noch nicht … Ich werde die Leute um uns herum beobachten, die Situationen … Anekdoten aufschreiben.“

Er kam aus dem Staunen nicht mehr heraus (seit wann wollte sie schreiben?), doch er ließ es sich nicht anmerken.

„Super Idee. Wird es ein Roman oder Kurzgeschichten? Oder ein Essay?“

„Das weiß ich noch nicht. Wir werden sehen. Ein Buch über Marokko, wenn wir, eh, dort sind … Vielleicht ein Roman, wenn ich ein Thema finde.“

„Das ist sehr … interessant.“

„Das reicht erstmal, einverstanden? Du sollst nur wissen,

dass ich nicht nach Marrakesch ziehe, um Ameisen zu zählen ..."

„... oder Kamele ..."

„... und auch nicht, um zu lernen, wie man leckere Tagines kocht, wie *Travadja, la Moukère* ..."

Er hob die Hände zum Himmel, hielt ihr die Handflächen hin. (Es wäre mir doch nie in den Sinn gekommen ...) Sie setzte erneut an:

„Und was wirst du in Marrakesch tun?"

„Ich werde mich auf das *Umgarnen echter Berbermädchen* spezialisieren ..."

Er lachte lauthals. Cécile blickte ihn kühl an.

„Das hattest du dir vorher zurechtgelegt. Das konnte dir gar nicht spontan einfallen, einfach so. Es ist nicht witzig. Oder aber jemand hat den Witz schon vorher benutzt. Ich vermute Devos oder Fellag ..."

Sie brachte den Satz nicht zu Ende, zuckte mit den Achseln und schenkte sich Kaffee nach.

Alles ging sehr schnell. Maryse war damit einverstanden, die Kunsthandlung zu verwalten, unter der Bedingung, dass sie eine Hilfskraft einstellen konnte, zum Beispiel eine Kunststudentin. François regelte die finanziellen Angelegenheiten schnell. Die BNP konnte problemlos Geld nach Marokko überweisen.

„Übrigens gehörte in den dreißiger Jahren fast ganz Marokko der *Banque de Paris et des Pays Bas*", klärte ihn seine Beraterin auf.

Sie fügte hinzu: „Ich weiß es, denn mein Mann hat seine Doktorarbeit darüber geschrieben."

François war irgendwie enttäuscht, dass diese hübsche Frau

einen Mann hatte, er antwortete nicht. Sie zuckte mit den Achseln. Es war fast unmerklich, doch François wollte die Sache so schnell wie möglich zu Ende bringen und unterschrieb alles, was sie ihm vorlegte, er begnügte sich damit, mit stumpfem Blick das klein Gedruckte durchzugehen, das ihm wie eine verschwommene Drohung für einen anderen Tag, ein anderes Jahr vorkam.

Bei der Stadtverwaltung fragte Cécile unauffällig einen ihrer Kollegen, der aus Marokko stammte, ob er mit ihr einen Kaffee trinken gehen wolle: Sie brauche seinen Rat. In einer kleinen Kneipe in der *Rue du Renard* stellte sie ihm schließlich leicht verlegen ihre Frage: Wie sollte man es wohl anstellen, einen *Riad* in Marrakesch zu kaufen?

Abdelkader lächelte amüsiert.

„Glauben Sie, ich kaufe so etwas öfter?"

Sie kicherte nervös.

„Nein, aber Sie stammen von *dort* ..."

„Wenn man so will. Eigentlich bin ich aus Tanger: Das ist 500 Kilometer Luftlinie von Marrakesch entfernt. Mindestens. Doch ich nehme an, man kauft dort *Riads* oder Häuser wie in Tanger ... oder in Paris. Man geht zu einem Immobilienmakler ..."

Sie unterbrach ihn, ohne nachzudenken.

„Gibt es dort Immobilienmakler?"

Abdelkader betrachtete sie kurz mit einem ironischen Funkeln in den Augen.

„Wahrscheinlich nicht. Mal sehen ... Man besetzt einen unbewohnten Ort, irgendeine leere Hütte, da tritt man einfach ein und nach einem Jahr und einem Tag beruft man sich auf sein Bodenrecht ... Also eher das Lehmbodenrecht."

Cécile verzog verlegen das Gesicht.

„Entschuldigen Sie, ich habe etwas Dummes gesagt. Ich weiß nicht, was ich heute habe."

„Kein Problem, ich habe noch größere Dummheiten über Frankreich gesagt, bevor ich mich hier niederließ und es wirklich kennenlernte ..."

„Eigentlich ist das normal."

„Ja, es ist normal. Also in Marrakesch gibt es Immobilienmakler, die man leicht finden kann, auf Arabisch heißen sie *Samsar*, das bedeutet ‚Makler'."

„*Sam-sar*?"

„Ja."

„Kennen Sie vielleicht einen?"

Das ironische Funkeln erschien wieder in Abdelkaders Augen. „Kennen Sie einen Immobilienmakler in, sagen wir, Biarritz? Oder Brest? Denn Sie sind doch *von hier*?"

„Nein ..." Sie lächelte. „Habe ich noch eine Dummheit gesagt?"

„Ja, aber das ist ein Klassiker. Alle begehen diese Dummheit, auf allen Kontinenten. ‚Sie sind aus Mexiko? Dann kennen Sie doch sicher Pablo Sanchez?' "

Sie mussten beide lachen. Abdelkader bekam einen Hustenanfall. Als er wieder Atem holen konnte, sprach er weiter:

„Doch, es wird Sie überraschen: Ich kenne *wirklich* einen Immobilienmakler in Marrakesch. Er ist eine Art Vetter, ein wenig verschroben, aber ehrlich wie alle Soussis."

„Was sind Soussis?"

„Sie wohnen im Schloss von ‚Sans-Soucis'." Er lächelte. „Nein, ich scherze. Es sind die Bewohner der Region von Agadir, im Süden Marokkos."

„Und der Immobilienmakler ist Ihr Vetter? Aber Sie haben doch gesagt, Sie kämen aus Tanger. Tanger ist doch im Norden, oder?"

„Genau. Doch in den sechziger Jahren sind die Soussis in alle Regionen Marokkos ausgeschwärmt und haben sich auf Einzelhandel spezialisiert. Man kann also Soussi sein und aus Tanger stammen: Das ist bei mir der Fall. Mein entfernter Vetter Hmoudane ist Soussi *und* Marrakschi. *Nobody's perfect.*"

„Und Sie garantieren mir die Ehrlichkeit und Ernsthaftigkeit von, wie heißt er noch ... *Mut Hahn*?"

„Hhhhhhhhmoudane. Sehr wichtig, das hhhhhh, sagen Sie hhhhhhh."

„Hhhhhhhhhh."

„Nein. Hhhhhhhhhhhh. Konzentrieren Sie sich!"

„Das tue ich doch: hhhhhhhhhhh. Ist doch kein Kunststück!"

„Nein, das ist falsch, Sie sprechen ein feuchtes *h*, es muss trocken sein."

„Hhhhhhhhh. (Ich komme mir vor wie in *When Harry met Sally*, die Leute starren auf uns ...) Hhhhhhhhmoudane? Stimmt es so?"

„Perfekt. Ich werde versuchen, seine Adresse wiederzufinden. Doch ich warne Sie ..."

Abdelkader hatte den Zeigefinger erhoben, als werde er etwas sehr Wichtiges verkünden. Sie runzelte die Stirn. (Jetzt kommt es, es gibt einen Haken, wäre ja auch zu schön gewesen ...)

„Manchmal werden Sie Verständigungsschwierigkeiten mit Hmoudane haben."

„Spricht er kein Französisch?"

„Im Gegenteil. Er redet ... Wie soll ich es sagen? Er spricht *zu gut* Französisch ... Doch er spricht es auf seine Weise. Er hat es faktisch alleine in seinem Dorf gelernt, in der Nähe von Tafraout, bevor er nach Marrakesch ‚aufstieg'."

„Ist wohl ziemlich rudimentär?"

„Das würde ich nicht sagen ... Er hat Hunderte alter Schmöker gelesen, alles, was er finden konnte. Als Jugendlicher war er in der Familie dafür bekannt. Wir haben ihm alles Gedruckte geschickt. Jeden Tag wartete er am Straßenrand geduldig auf den täglichen Bus der CTM ... es gab immer Altpapier für Hmoudane."

„Also spricht er jetzt Französisch oder nicht?"

„Sie werden sehen. Wollen wir los? Ich habe heute Nachmittag sehr viel zu tun."

An diesem Abend zogen François und Cécile Bilanz über ihre Vorbereitungen für ihr Abenteuer im Atlas.

„Die finanzielle Frage ist geregelt", verkündete er in seltsam melancholischem Tonfall.

(Man stellt sich ja nie vor, dass die hübschen Beraterinnen der BNP ein Leben außerhalb ihres Büros haben, oder schlimmer noch, dass sie verheiratet sein könnten ...)

„Ich hab noch was Besseres", gab sie an. „Also, etwas fast Besseres. (Vorsicht, es ist sein Geld.) Ich habe einen Immobilienmakler in Marrakesch gefunden."

„Im Internet? Haben die Internet?"

„Nein, nein, es ist der Vetter eines meiner Kollegen, ein Marokkaner."

„Du hast einen marokkanischen Kollegen? Warum hast du das nie gesagt?"

„Ich habe doch Dutzende, Hunderte von Kollegen ... Es hat nie eine Gelegenheit gegeben. Und jetzt gibt es sie eben. Abdelkader ..."

„Er heißt Abdelkader?"

Sie zuckte mit den Schultern.

„Nein, er heißt Paul-Henri, und ich nenne ihn aus einer

Laune heraus Abdelkader … Darf ich fortfahren? Also *Ab-delka-der* hat einen Vetter, anscheinend ein sehr vertrauenswürdiger Typ, der in Marrakesch Immobilienmakler ist."

„Tja... Anscheinend haben alle Marokkaner einen wunderbaren ‚Vetter', der immer im rechten Moment auftaucht und wie durch Zufall den Beruf beherrscht, den der Tourist gerade braucht … Der Kerl verkauft Krapfen, aber kein Problem, er repariert auch Geländewagen. Und er weiß alles über Berberteppiche …"

„Du hast ja vielleicht Vorurteile, mein lieber Mann."

„Das steht im *Lonely Planet*."

„Dein Planet ist mir schnurzegal. Ich vertraue Abdelkader, er hat einen Doktor in … eh, weiß ich gerade nicht, Wirtschaftsmathematik oder Management oder Soziologie, etwas in dieser Art, und er hat einen super wichtigen Job bei der Stadt … Sein Vetter heißt Hmoudane."

„Mut Hahn?"

„Aber nein, bist du taub? Hhhhhmoudane."

„Hhhhhmoudane?"

„Nein, du sprichst ein feuchtes *h*, man braucht ein trockenes. Lass es bleiben Liebling, du wirst es nicht hinkriegen."

„Na gut, also, dann nennen wir ihn Benoît, statt uns jedes Mal die Kehle herauszureißen, wenn wir über ihn sprechen."

„O.k. Jedenfalls ist er ein sehr anständiger Kerl, Benoît der Immobilienmakler. Anscheinend gibt es ein winziges Problem: Er spricht kein Wort Französisch."

3

Unsere Helden machen die Bekanntschaft von Benoît

Sie spürten einen Stich im Herzen, als sie die Wohnungsschlüssel an François' Schwester übergaben, die sich um die Post, die Rechnungen und Unvorhergesehenes kümmern wollte. Sie warfen einen letzten Blick auf den Park von Belleville, der ihnen missmutig den Rücken zuzukehren schien, dann nahmen sie ein Taxi Richtung Flughafen. Ausnahmsweise schwieg der Fahrer während der ganzen Strecke. Das war sicher ein gutes Vorzeichen. *Hier* sah man sie nicht mehr, kümmerte man sich nicht mehr um sie. Sie hatten den *Point-of-no-return* erreicht.

In Marrakesch hatten sie für eine ganze Woche ein Hotelzimmer reserviert. Danach würde man sehen.

Abdelkader hatte versprochen, seinen Vetter mit dem unaussprechlichen Namen zu kontaktieren. Er hatte sogar mit ihm ausgemacht, dass er sie am Flughafen von Marrakesch abholte.

„Da ist Benoît", verkündete Cécile und zeigte auf einen kleinen Mann, der ein Schild mit ihren beiden Vornamen schwenkte. „Sieh mal, er hat sogar ein kleines rotes Herz unter unsere Namen gemalt. Das ist lieb, aber was soll es? Heute ist doch nicht Sankt Valentin ..."

„Seltsam, er ist nicht im richtigen Bereich, wir haben ja noch nicht die Kontrollen passiert."

„Hör mal, hier sind wir nicht in Frankreich, vielleicht laufen die Dinge anders."

Sie gingen zu dem Typ, der sich feierlich verneigte, energisch die Hand des Franzosen schüttelte und seiner besseren Hälfte die Hand küsste.

„Liebreizendes, wertes Fräulein, seiet willkommen an unseren Ufern, *ou h'ta n'ta*, gnädiger Herr."

Die beiden Turteltauben sahen sich erstaunt an. „Benoît" hatte einen starken Akzent (er rollte das *R*, als habe er Kieselsteine in seinem fast zahnlosen Mund) und zu allem Überfluss verschluckte er ständig Worte.

(„Was hat er gesagt?"

„Ich habe ‚Ufo' verstanden ..."

„Er hat von ‚Herz' gesprochen.")

„Nunmehr, *n'mchiw* Eur Päck holen, *f'hadak* Fiesband. Draufhin, *n'mchiw* ein Gefährt sorgen."

Sie sahen Hmoudane besorgt an. Er schenkte ihnen ein breites Lächeln und gab Zeichen, ihm zu folgen. Dann verschwand er hinter einer Säule, als gerade eine Gruppe asiatischer Touristen aus der anderen Richtung kam. François und Cécile konnten die Augen noch so sehr aufreißen, „Benoît" war aus ihrem Blickfeld verschwunden.

„Hast du ihm Geld gegeben?"

„Nein, und du?"

Nach den Polizei- und Zollkontrollen gingen sie in die Ausgangshalle und zogen ihre Koffer auf dem blitzblanken Boden hinter sich her. Wie durch ein Wunder tauchte der kleine Mann wieder auf. Er schrie:

„Taïaut!", ... und ging zielstrebig auf etwas zu, das in wenigen Minuten zu einem sehr komplizierten Orient geworden zu sein schien. Verblüfft folgten ihm François und Cécile.

„Welche Sprache spricht er?"

„Weiß nicht. Vielleicht die Berbersprache?"

Nachdem sie mit François' Kreditkarte einen Wagen gemietet hatten, führte sie Hmoudane zum Parkplatz des Flughafens; er vollführte komplizierte Manöver, um sich aus verschiedenen Winkeln einem roten Dacia zu nähern, der in der Sonne ausharrte. Er öffnete den Kofferraum, legte die Koffer vorsichtig hinein und setzte sich dann ans Steuer. François und Cécile nahmen hinten Platz. Hmoudane fuhr los und sagte über die Schulter:

„Kurs auf die *antike Stadt Ibn Tachfine*, s'Hotil love ich mir da."

(„Er hat ‚Hotel' gesagt. Er spricht Französisch."

„Das ist ein internationales Wort. Es bringt uns nicht voran."

„Er hat ‚love' gesagt."

„Vielleicht ist er ja ein alter Hippie? *Peace and love?*"

„Jedenfalls werde ich duschen.")

Vom Flughafen bis in die Stadt sang Hmoudane aus vollem Hals *„C'est aujourd'hui dimanche / j'vais voir ma p'tite maman"*, um den beiden Franzosen eine Freude zu machen, damit sie sich etwas heimisch fühlten.

(„Hörst du? Das ist wohl eine Art leicht trauriger Singsang."

„Ich wüsste gerne, was für ein Lied das ist."

„Ja, schade, dass wir die Worte nicht verstehen."

„Wir müssen wohl Arabisch lernen …"

„… Oder die Berbersprache."

„Die Berber sind anscheinend wie die Gallier. Sie singen die ganze Zeit."

„Ihre Dichtung ist wohl oral, oder?")

François nutzte eine von Schmerz erfüllte Gesangspause (die kleine *Maman* war im Krankenhaus gestorben, das Kind war mit seinem kleinen weißen Blumenstrauß zu spät gekommen), und beugte sich zu Hmoudane.

„Ist Ihr Vetter der Hotelbesitzer?", fragte er mit unschuldiger Stimme.

„Nicht doch", antwortete Hmoudane und schüttelte sich vor Lachen (zum Teufel mit dem Sterben, das Leben ging weiter). „*Walakine,* da gibt es einen Festschmaus, dass es einem den Unterbauch zerreißt, mein Koolonialer. Miam, miam! *Dial alkhawar!* Für Nachschub ist gesorgt!"

(„Was sagt er?"

„Ich weiß es nicht. Er spricht von ‚cool'."

„Tja, Marrakesch ist sehr cool.")

François insistierte:

„Aber Ihr Vetter besitzt doch das Hotel?"

Cécile protestierte:

„Hör auf mit deinen Fragen! Echt, du hast vielleicht blöde Vorurteile."

Hmoudane fuhr wieder los, dann wandte er sich um, hielt dabei das Lenkrad lässig mit einem Finger fest, und fragte Cécile: „*Aji, wach smak,* Ihr Gatte?"

„Sehen Sie nach vorne!", schrie Cécile, denn sie sah, dass das Auto nach links schwenkte und ein Lastwagen auf sie zukam.

Hmoudane korrigierte die Fahrtrichtung des Dacia, um so den großen Brummer, der sie in eine Wolke beißenden Rauchs hüllte, nur zu streifen, ohne gestochen zu werden. Nach kurzem Schweigen nahm der kleine Mann das Gespräch wieder auf.

„Iss nich mein Vetter, der wo *die pittoreske Einrichtung managt, in der sich der Charme des Südens und die modernen Nehmlichkeiten verbinden.*"

Nach einiger Zeit.

„Iss nich mein Vetter, iss mein Bruder."

(„Was sagt er?"

„Ich glaube, er spricht von seinem Bruder."

„Ich bin sicher, der ist kein echter Führer.")

Das Hotel du Dadès wirkte sauber und ruhig, unauffällig: Es war genau, was sie wollten. Die Formalitäten waren schnell erledigt.

In der Hotelhalle wandte sich Hmoudane zu dem Ehepaar und sagte:

„*Ghedda s'bah,* sobald Morgenglocke, gehen wir auf *Riad*-jagd."

Ein Wunder! Der Satz war mehr oder weniger verständlich. François beherrschte seinen Impuls, den kleinen Mann in den Arm zu nehmen. Er begnügte sich damit, ihm energisch die Hand zu schütteln. Der andere wurde rot vor Glück.

„Bis morgen!"

Hmoudane fuhr am Steuer des roten Dacia davon. François brüllte:

„Hallo! Der Wagen! Er ist auf meinen Namen gemietet!"

„Lass gut sein, er wird ihn morgen herbringen. Wir haben seine Adresse. Ich gehe unter die Dusche."

4

Der Pomeranzenbaum

Der erste Morgen war zauberhaft. Sie wurden von einem Konzert von Vogelstimmen geweckt, sahen sich die Stadt vom Fenster aus an. Sie schien noch zu schlafen, nur ein unbestimmtes Zittern durchströmte sie; ihre großen Palmen waren genauso reglos wie die roten Mauern, hinter denen ihre Bewohner lebten. Sie schwiegen lange.

„Stell dir vor", murmelte François, „wir haben es doch tatsächlich getan."

Sie antwortete nicht. Der einzige Satz, der in ihr aufstieg (und den sie unterdrückte), lautete: „Der Ärger beginnt ..."

Sie nahmen ihr Frühstück auf einer kleinen Terrasse im ersten Stock des Hotels ein, da erschien Hmoudane, fröhlich, mit strahlenden Augen.

„*Sabah el-khayr!* Dem friehen *Haddouk* geheert die Welt."

„Guten Morgen, Monsieur Moudane."

(„Was hat er gesagt?")

Er transportierte sie im Dacia, den er ein paar hundert Meter weiter am Rande des Jemaa-el-Fna-Platzes parkte. Es war unmöglich, mit dem Wagen in die Gassen hineinzufahren. Die Häuser mussten zu Fuß besichtigt werden. Mit klopfendem Herzen betraten sie die Gassen. Das Abenteuer begann ...

Im Verlauf der nächsten Tage besuchten sie *Riads* jeder Größe und Art, manche zerfielen zu Ruinen, andere waren herrlich restauriert, wieder andere waren simple Häuser, die von skrupellosen *Samsars* zu *Riads* umgetauft worden waren.

„François, ein *Riad* ohne Innenhof, das ist doch kein wirklicher *Riad*, oder?"

„Frag Benoît."

„Monsieur Hhhhhhdoum, eh, das hier, was wir gerade besichtigen, hier, das ist nicht, was wir suchen. Wo ist der kleine Garten im Innenhof?"

„Prinzessin, manchmal stößt man sich an *dissem* Stein, manchmal nicht. Es gibt welche *fihoum* Allergie, Heuschuppen, ss'egal, ohne Garten. Iss sogar besser. Die Bessersichtigen sehen es auch."

(„Was hat er gesagt?"

„Er hat von Allergie gesprochen. Das muss in der Berbersprache das gleiche Wort sein.")

„Monsieur Hhhhmmou, wir wollen einen echten *Riad*."

„*Wakha, ma kayn mouchkil*. Jawoll! Der *Kuntte* iss Keenig."

(„Was hat er gesagt?")

Am Ende der Woche fanden sie endlich, was sie suchten. Am Ende einer kleinen Gasse, im Mouassine-Viertel, stieß Hmoudane pfeifend eine Tür auf und machte ihnen Platz, damit sie eintreten konnten.

Sie betraten einen dunklen Gang, der sich auf einen kleinen, mit alten gelben und blauen Kacheln bedeckten Hof öffnete. Cécile hob den Blick und sah einen Baum, an dessen Fuß Büschel und hohe Gräser wuchsen. Sie rief aus:

„Wie schön der ist! Ist es ein Orangenbaum?"

François deutete mit dem Finger auf zwei grün gestrichene Türen und einen von Spitzbögen getragenen, überdachten Gang. Vergebene Liebesmühe: Sie hatte nur Augen für den Baum.

Sie kletterten in den ersten Stock, dann in den zweiten. Eine sonnige Terrasse bot ein Panorama über die Stadt. Sie blieben mehrere Minuten dort oben, Hand in Hand, eingelullt vom begeisterten und unverständlichen Gebrabbel des *Samsar*.

Das Haus war möbliert.

„Monsieur Ammoudène, sind die Möbel im Kaufpreis inbegriffen?"

„*Chouf a lalla*, die wollen keine Korinthen schälen, löblicherweise. Groso moddo einbegriffen."

(„Hörst du François? Sie sind im Preis inbegriffen."

„Seit wann verstehst du die Berbersprache?")

Sie besichtigten am gleichen Tag zwei weitere Häuser, doch sie waren mit den Gedanken woanders, so stark war der Eindruck, den das Haus des Pomeranzenbaums auf sie gemacht hatte.

Am nächsten Tag gingen sie wieder hin, um es noch einmal anzusehen. Sie nutzten die Gelegenheit, auch die Straße näher zu erforschen – „Rue du Hammam", sagte ihr Reiseführer –, die Nebengebäude genauer zu inspizieren, die Läden, die Menschen. Sie stellten Hmoudane ein paar Fragen. Aus dem Magma der Worte, die er über sie ausschüttete, rekonstruierten sie ein paar Sätze – und sogar ein paar Fetzen Geschichte.

Diesmal interessierten sie sich für das, was François betont „die Endbearbeitung" nannte. Hier und da waren die Kabel und Rohre, die Strom und Wasser beförderten, unter Hohlsaumplatten verborgen, die dem Blick elegante Arabesken darboten. Die dadurch hervorragenden dunklen Wirbel kontrastierten mit den kupferfarbenen Spiegelungen des Metalls. Dieses Detail beeindruckte François, der es ganz und gar „maurisch" fand. Cécile streichelte ihren Baum. Sie sahen sich gerührt an.

„Denkst du das Gleiche wie ich?"

„Wenn *du* das denkst, was *ich* denke ..."

Sie gaben sich den ganzen Abend zum Überlegen. So saßen sie im Garten des Hotels, in einer Art Musikpavillon, jeder beschrieb dem anderen Einzelheiten, die der nicht bemerkt hatte, manchmal beschönigten sie, was in der Erinnerung verblasst war, schließlich überzeugten sie sich gegenseitig davon, *es zu machen*. Komme, was da wolle! Allerdings musste noch eine Strategie entwickelt werden, um nicht *über den Tisch gezogen zu werden*.

„Wir werden nicht gleich den Preis akzeptieren, den sie verlangen."

„Nein, natürlich nicht, aber wir dürfen sie auch nicht verschrecken, indem wir einen zu niedrigen Gegenvorschlag machen."

François fing an zu lachen.

„Irgendwie fällt es mir schwer, mir Benoît *verschreckt* vorzustellen. Er hat auf alles eine Antwort. Nur zu schade, dass wir seine Antworten nicht verstehen."

„Wir müssen ja auch nicht ihn überzeugen, sondern die Besitzer."

„Wer ist das denn?"

„Leute, die nach Kanada auswandern."

„Wer hat dir das gesagt?"

„Benoîts Sekretärin. Die spricht ja Französisch. Also zumindest das Notwendigste. Sie hat mir gesagt, dass viele Marokkaner nach Québec umziehen wollen. Und anscheinend kommt das auch Québec zugute, denn sie sind ja frankophon."

„Tja ... Sobald unsere Freunde aus Québec Benoît kennenlernen, werden sie die Grenzen schließen. Er destabilisiert ganz alleine die gesamte Frankophonie."

Sie schwiegen kurz. François räusperte sich.

„Es ist also beschlossen?"

„O.k., es ist beschlossen."

„Ich schlage vor 10 % weniger?"

„15?"

Der Himmel war von übernatürlicher Klarheit. Cécile bestand darauf, dass François auf einen Drink in die Bar des Hotels ging: Sie wollte schreiben.

„Kannst du denn nicht schreiben, wenn ich in der Nähe bin?“

„Nein, ich hätte dann den Eindruck, dass du dich hinter meinem Rücken lustig machst. Selbst wenn du nichts sagst, dein Schniefen oder Räuspern oder Nörgeln … oder sonst etwas würde mich nerven.“

„Kurzum, ich bin im Wege.“

„Bis nachher. Komm ja nicht vor zwei Uhr zurück. Frühestens.“

Cécile träumte einen Augenblick lang vor sich hin, dann legte sie los.

Der Riad *liegt versteckt in der hintersten Ecke eines Gässchens der* Rue du Hammam, *im eleganten Viertel Mouassine, das* ~~*anscheinend*~~ (sie strich „anscheinend“ durch. Warum sollte sie an Hmoudanes Wort zweifeln?) *... das aus der saadischen Epoche stammt.* (Sie würde sich später ansehen, was das genau bedeutete.) *Man lässt den Platz des Mouassine-Brunnens hinter sich, wo die Frauen früher* ~~*zweifellos*~~ *Wasser schöpften und die Tiere ihren Durst stillten; dann geht man durch eine erste Pforte, an deren linker Seite weiterhin …* (Sie zögerte.) *... öffentliche Latrinen liegen sowie ein prachtvolles Becken für die Waschungen, das leider jetzt trocken ist. Die imposante Mouassine-Moschee liegt zwei Schritte weiter auf der rechten Seite. Dann biegt man nach links ab: Ein Esel schreit* ~~*verzweifelt*~~*; er wartet darauf, dass das Holz vom Karren geladen wird, das Holz für das Dampfbad, das – wie man uns sagt – weiter in Betrieb ist. Aus diesem Grund heißt „unsere“ Straße ja auch* Derb el-Hammam *– was Straße des Dampfbads bedeutet. Gegenüber verbirgt sich hinter großen Türflügeln ein* ~~*reiches*~~ *Herrenhaus. Ein zweiter, etwas düsterer Torbogen und erneut eine Biegung nach* *links. Man geht nun an der schönen ~~mit grünen Ziegeln errichteten~~ Backsteinmauer der alten Moschee des Basars entlang* (sie strich es durch, denn sie war sich dieser Einzelheit nicht mehr sicher), *inmitten mit einem offenen Auge dösender Katzen ... Am hinteren Ende der Sackgasse, auf der rechten Seite, ist eine kleine messingbeschlagene Holztür, die sich auf unser künftiges Domizil öffnet.* (Als sie diese Worte schrieb, klopfte ihr Herz etwas lauter.)

Als der Samsar die Tür zu diesem bescheidenen, in „seinem Saft" verbliebenen, ohne jede Veränderung erhaltenen Riad öffnete, sah ich als erstes den Baum: Einen enormen Pomeranzenbaum ...

Sie zögerte: sollte sie erläutern, dass es sich um einen Bitterorangenbaum handelte? Sie zuckte schließlich die Achseln.

– Ach, wer wissen will, was das ist, kann es ja auf Wikipedia nachschauen. Ich werde doch die Definition hier nicht abschreiben. Das ist zu einfach.

... ein riesiger blühender Pomeranzenbaum, dessen kupferrote Früchte in der noch kühlen Märzmorgensonne leuchteten. Seine oberen Äste verwoben sich mit denen zweier großer Bougainvilleas ...

War das der richtige Ausdruck? Sie bekam Zweifel und schaute im Internet nach. Erstaunt las sie, dass *„die Bougainvillea auch manchmal als Drillingsblumenbaum"* bezeichnet wurde. Also gut.

... zwei große Drillingsblumenbäume breiteten sich als Schattenspender über einem blauschattigen Patio aus. Ich hielt sprachlos inne, gerührt, vom ~~verführerischen~~ Blumenduft überflutet, und auf der Stelle wusste ich, dass unsere Suche ein Ende gefunden hatte ... dass ich, dass wir uns hier auf längere Zeit niederlassen würden. Dort, in diesem Augenblick, sofort, beschloss ich, ... den Baum zu kaufen.

Wenige Stunden später kam ich im Hotel wieder zu mir: Man kauft keinen Baum als Wohnung – es sei denn man ist Calvinos „Baron auf den Bäumen".

Sie lächelte zufrieden über ihren kleinen Scherz und dachte

nostalgisch an ihre Calvinoperiode, als sie alle Bücher des subtilen Italieners aus Paris verschlang. Damals war sie zwanzig.

Wir kehrten also zurück und besichtigten den Ort noch einmal. Hinter dem verwinkelten Eingang, der die Intimität des Hauses vor indiskreten Blicken schützt, war der Baum immer noch da; er beherbergte Dutzende geselliger Spatzen (nach Auskunft unseres Samsar *eine Spezialität Marrakeschs), die einen am liebsten mit dem ersten Sonnenstrahl wecken. Der Patio war mit alten gelben und blauen Zementkacheln bedeckt, ein etwas verblichener, sanfter Teppich ...*

Sie zögerte. Das Bild war ihr ganz spontan gekommen, aber kann Zement überhaupt „sanft“ sein?

... Etwas verblichener, sanfter Teppich, in dessen Mitte mein *Baum thronte (ja, es war bereits* mein *Baum), an dessen Fuß Büschel wilder Iris und hohe Gräser wuchsen.*

Nun gut, man muss beschreiben. Sie runzelte die Stirn, versuchte sich an alle Einzelheiten zu erinnern.

Um den Patio organisiert sich der bewohnte Raum des Erdgeschosses: zwei riesige ~~grün gestrichene~~ Zedernholztüren, die sich gegenüberliegen, geschützt von einem von Spitzbögen getragenen Rundgang; auf der einen Seite liegt dahinter ein Raum (das wird meine Bibliothek), und auf der anderen über die ganze Länge ein Wohnzimmer mit einem Kamin, ~~später Einbau verfrorener Kolonialsiedler~~.

Sie strich die letzte Beschreibung durch. Schließlich wusste sie es ja nicht. Und hatte es überhaupt Kolonialsiedler in Marrakesch gegeben? In der Medina?

Die beiden anderen Seiten des Patio beherbergen zum einen einen Brunnen mit schönen, grünen und blauen Zellige-Fliesen und zum anderen eine Art offenen Raum – eigentlich ~~eine Art von~~ einen tiefen Einschnitt in das Gemäuer, wo eine Bank und ein Tisch untergebracht sind. (Dem Samsar *zufolge nennt man diesen seltsamen Raum einen* Bouh. *Er ermöglicht zugleich drinnen und draußen zu sein, an jenen Tagen, an denen es zu heiß ist, um es in einem geschlossenen Raum auszuhalten.)*

„Bou"? „Bough"? „Buh"? Wie wurde dieses Wort geschrieben?

Wenn man aufrecht im Bouh *steht – mit oder ohne Buch …* (Sie lächelte.) … ~~*trifft das Auge*~~ *kann man eine herrliche Zedernholzdecke bewundern, mit naiven Blumenmotiven, eingefügt in geometrische Figuren. Ich stellte mir schon die* ~~*Farniente*~~ *faulen Nachmittage vor, an denen ich auf der Bank liegen würde und meine Augen inmitten der Blumen spazieren gingen …*

Ein feiner kunstvoller Stuckfries verläuft entlang der mit Tadelakt … *verarbeiteten vier Mauern.* (Sie hielt inne. Was hatte der *Samsar* noch gesagt?) *Es handelt sich um eine typisch marokkanische Technik, mit der man die Wände verputzt und die weiches und ein wenig glänzendes ockergelbes Material ergibt, das sehr* ~~*weich*~~ *angenehm aussieht. Im ersten Stock gibt es zwei Zimmer mit jeweils einem Bad, die eine Galerie mit schönen Arkaden vor Sonne und Regen schützt. Und schließlich ganz oben eine* ~~*wunderbare*~~ *schöne Terrasse, mit einem Wintergarten mit farbigen Glasscheiben, einer überdachten Pergola mit üppigen roten Bougainvillea,* ~~*die wie das Haupthaar einer rothaarigen Riesin herunterhängen,*~~ *mit Nachtjasmin* ~~*– jenen Sträuchern, deren Blumen sich nur nachts öffnen –*~~ *und Floridalianen. Auf dem Holzverschlag wachsen Kakteen mit spitzen Stacheln.*

Gut. Sie hatte so gut wie alles beschrieben. Was sollte sie nun mit diesem Kleinod anstellen?

Zuerst die Bibliothek … Das wird der kleine Raum links hinter dem Eingang. Die Wände dieses Raums sind vor langer Zeit mit dunkelrosa Tadelakt *verarbeitet worden. Doch das Gemäuer hat sich schnell selbstständig gemacht: Durch die aufsteigende Feuchtigkeit haben sich Ringe aus weißem Salpeter bis obenhin gebildet, und der Raum sieht frühlingshaft aus … Regale aus rotem Pinienholz wer-*

den sich über eine ganze Seite dieses kleinen Raums hinziehen. An den beiden anderen Wänden – die vierte Seite öffnet sich mit einer Glastür auf den Patio – werden Bilder ~~naiver Künstler~~ hängen …

Sie hielt ein wenig beschämt inne. Warum hatte sie spontan an naive Maler gedacht? Gibt es überhaupt wirkliche Maler in Marokko? Seltsamerweise hatte sie sich die Frage nie gestellt.

... Bilder, die mich beim Schreiben begleiten werden. Am Boden wird ein Berberteppich liegen. Ich werde die Möbel behalten, die ~~die Besitzer~~ die ehemaligen Bewohner hinterlassen: Ein runder Nussbaumtisch als Ablage für Bücher, ein paar Stühle ...

Das Wohnzimmer: Das ist der Raum, in dem wir uns im Winter an den Kamin zurückziehen werden und in dem wir während der Gluthitze ein wenig Frische genießen können. ~~Außerdem~~ Im übrigen wenig Möbel: Zwei Sessel, ~~das~~ ein Mahagoni-„Nähkästchen" aus dem neunzehnten Jahrhundert, ~~das mir Papa vererbt hat,~~ ein kleines Bücherregal und die winzigen Gegenstände, die wir nach und nach erwerben werden. ~~Das seltsame Sofa, das sie hier ein~~ ~~Seddari~~ ~~nennen, werden wir abschaffen.~~ (Mal sehen, sagte sie sich und strich den letzten Satz durch.) *Auf den Tischen werden Tongefäße aus dem Atlas kreuz und quer nebeneinander stehen …*

Gibt es überhaupt Töpfereien im Atlas? Ja, ganz sicher.

... Steine, die wir bei unseren Ausflügen in den Bergen sammeln werden, auf dem Flohmarkt ergatterte Gegenstände ...

Gibt es überhaupt Flohmärkte in Marokko? Nun, man wird sehen.

... Lampen mit von der Witterung verzogenen Schirmen. Holzvögel aus Nova Scotia ... (Die hatte sie in Paris.) *... eine gebrauchte, aus Seidenfäden gewobene Bauerntasche … Ein großer Teppich mit geometrischen Mustern wird den Boden schützen. Die Mauern aus ockergelbem* Tadelakt *werden dem Ganzen eine sanfte, gedämpfte Stimmung verleihen.*

Im „Bouh" ein einfaches, safrangelbes Sofa anstelle der Bank, ein

Tisch und vier niedrige Stühle aus Schmiedeeisen. Der „Bouh" ist sich selbst genug, ein Ort für Träumerei und Erholung. Rechts und links davon stehen zwei Vasen: Wir werden sie nicht anrühren, ~~vielleicht sind sie zerbrochen~~. (Sie strich den Satz durch. Wer kannte dieses Gedicht überhaupt noch? Die Anspielung wäre umsonst.)

Im Treppenaufgang zum ersten Stock wird man an Fotos und Collagen vorbeigehen ... Steine, schon wieder, Stücke Treibholz werden auf dem ~~breiten~~ Geländer liegen, das die Säulen und Rundbögen trägt, das wird dem Haus eine leicht andalusische Prägung geben. In der vor der Sonne geschützten Galerie werden Sessel aus dem Holz des Lebensbaums aus Essaouira stehen, (im *Guide Michelin* steht etwas über die Kunsttischler aus dieser Stadt und ihre „sorgfältigen Intarsienarbeiten" aus *Arar* oder Lebensbaumholz), *ein kleines Sofa und ein Schreibtisch, noch einer, werden zu Mittagsschlaf und Lesen einladen.*

Im Fremdenzimmer … (sie hatte über die Bestimmung dieses Raums entschieden, ohne mit François darüber zu sprechen) ... *werde ich einen antiken Knüpfteppich aufhängen. Es wird auch andere Gemälde geben … Der Bettüberwurf und die hellbeigen Vorhänge werden mit vergoldeten Seidenfäden bestickt sein …*

Sie schloss die Augen.

Unser Schlafzimmer wird ein Konzentrat unserer Lieblingsgegenstände sein, Glücksbringer, Spuren der Vergangenheit … Fotos, eine Tuschzeichnung, ein Bild von mir als Jugendliche, ein über dem Bett aufgehängter Teppich. Auf der Kommode, mein geheimer Altar: Ein Ghanesh aus Bronze, ~~mein Lieblingsschutzgott,~~ ein Zweig aus schwarzen Korallen, ein großer japanischer Lackkasten für meinen Kleinkram, ein Splitter aus Jade, eine enge Vase, in die ich eine weiße Rose stecken werde …

Und die Gerüche, die Düfte?

Eines Tages, wenn wir hier schon einige Zeit gelebt haben werden, werde ich die Kaskaden von Bougainvillea beschreiben können, die von knallrot zu dunkelrot wechseln, ich werde den Duft des Jasmin und den betörenden Geruch des Nachtjasmin heraufbeschwören können, ich werde es wagen, die Vögel ~~zu beschreiben, zu zeichnen~~ mit leichter Hand aufs Papier zu werfen, die ihre Nester in den Giebeln bauen und frech in die Zimmer vordringen. Auch ~~muss ich~~ gibt es die Stimme des Muezzin, der fünfmal am Tag zum Gebet aufruft, die Schreie der spielenden Kinder, die Rufe der Straßenhändler …

Sie klappte das Heft zu und legte sich mit geschlossenen Augen auf das Bett. Etwas später kam François nach Hause. Er war sehr gut gelaunt.

„Na? Geht es voran mit dem großen Roman von Cécile Girard?"

„Ich habe schon die Dekoration. Bleibt nur noch die Geschichte."

„Du brauchst ja nur unsere Abenteuer zu erzählen."

„Welche Abenteuer? Was soll uns hier schon passieren?"

5

Das Hinterzimmer

Am nächsten Tag erwartete Hmoudane sie wie vereinbart um zehn Uhr früh vor dem Hotel, um andere Häuser zu besichtigen. Der Dacia war staubübersät.

„Herr, eh, Hhhhamid, warum ist dieser Wagen, der – nur zu Ihrer Erinnerung – unserer ist, so staubig?

„Hochwohlgeboren: Tahannaout gestern, unangemeldete Botschaft. Wegtreten!"

(„Er war angeln? Die nächste Küste ist mehr als zweihundert Kilometer entfernt!"

„Der verarscht uns.")

„Wie dem auch sei, Benoît ... eh, Herr H, wir besuchen keinen *Riad* mehr. Der in der *Rue du Hammam* gefällt uns sehr ... will sagen, das heißt, er gefällt uns ein wenig ... sagen wir, wir könnten uns eventuell damit anfreunden, wenn der Preis stimmt."

Hmoudanes Gesicht strahlte.

„*Ghan' t'fahmou*, nix Problem, schlag ein, Pferdehandel!"

(„Fairer Handel?")

Der Rest verlief wie im Traum. Hmoudane erledigte ein paar Telefonate, und sie verstanden durch seinen siegreich gehobenen Daumen mehr als durch sein Geplapper, dass der Verkäufer den Gegenvorschlag angenommen hatte. Es gab noch ein paar Termine bei der Bank, dann eine Zusammenkunft beim Notar, und die Sache war erledigt.

Der Verkäufer war ein junger melancholischer Mann, der mehrere Vollmachten aus einer alten Ledertasche zog. Er sagte praktisch kein Wort.

(„Denkt er bereits an seine Schneeberge?“

„Idiot, schweig’, man könnte dich hören.“)

Der Notar übergab ihnen mehrere Dokumente, die meisten waren in Französisch abgefasst. Hmoudane übergab ihnen die Schlüssel zum *Riad*.

„Apropos Schlüssel, Herr H, wie wäre es, wenn Sie mir den von meinem Wagen zurückgäben?“

„Hagens? *Ach m’n* Hagens?“

„Der Dacia.“

Aus seiner peinlich berührten Miene und seinen beleidigten Gesten schlossen sie, dass er sich nie erlauben würde, ihnen ihr Auto zurückzugeben, ohne es zuvor gründlich gereinigt zu haben (hielten sie ihn für einen Ganoven?). Und er verschwand in einer Staubwolke am Steuer eines Dacia, der seine rote Farbe nach und nach verlor.

Sie legten die paar hundert Meter, die sie von ihrer neuen Wohnstätte trennten, zu Fuß zurück. Sie hielten sich an der Hand, reagierten nicht auf die Rufe der zerlumpten Kinder, denen sie begegneten *„Bonjour Madame! Bonjour Monsieur!“*; sie entwarfen immer wieder neue Pläne für die Möbel, die „strukturellen“ Verbesserungen, das Neustreichen der Zimmer.

Cécile hatte feste Vorstellungen.

„Blau, weiß, in allen Schattierungen, und das war's.“

„Machst du Witze? Wir brauchen warme Farben.“

„Idiot, es ist schon heiß genug, und dabei herrscht jetzt noch nicht einmal die große Hitze, anscheinend wird es im August bis zu 50 °C. Wir brauchen Schatten und kalte Farben.“

„Also, wenn das so ist, wirst du dein Zimmer haben und ich meines. Dein blaues Iglo und meine warme Höhle …“

„Jetzt schon willst du in getrennten Zimmern schlafen? Was hast du vor, ganz alleine in deinem Zimmer? Die kleinen Berbermädchen beglücken?“

„Wenigstens werde ich dir nicht auf den Wecker gehen, wenn du dich ans Schreiben machst … Ich meine, wenn du weiter schreibst. Anscheinend sind Schriftsteller unausstehlich, wenn sie mitten in der Arbeit stecken."

„Allerdings, ich habe in der Tat, vor ‚unausstehlich' zu werden. Was wirst du tun, wenn ich meine künstlerischen Launen habe?"

„Ich werde mich in meine Gemächer zurückziehen."

„Ich hab's doch gesagt: Du willst Leine ziehen."

„Mich nur in mein Zimmer zurückziehen."

„Ah ja, das wollte ich sagen. Was ist mit dem Garten?"

„*Qué,* was soll mit dem Garten sein? Es ist nur ein kleiner Patio mit einem großen Baum in der Mitte."

„Stimmt, aber wer wird sich darum kümmern? Wer wird den Lauch verpflanzen? Wer wird die Rosen schneiden?"

„Na, ich natürlich. Ich werde einen Garten der Lüste daraus machen …"

„… Garten der Wüste …"

Ohne auf die erstaunten Blicke der Passanten und Ladeninhaber zu achten, begann sie zu singen:

„Il est, paraît-il, des terres brûlées ...

... donnant plus de blé qu'un meilleur avril!"

Sie brachen in schallendes Gelächter aus, und einige Kinder begannen ebenfalls zu lachen, ohne zu wissen warum. Cécile machte ein paar Tanzschritte, und ein kleines, lächelndes Mädchen wagte, neben ihr zu tanzen.

François fuhr fort:

„Ich werde mich um alles kümmern. Ich werde ja Zeit haben, während du den großen *marrakechischen* ... *marrakeschianen* ... Roman schreiben wirst ... wie heißt noch das Adjektiv?"

Cécile setzte einen allwissenden Blick auf.

„Man sagt: *marrakschi.*"

„Woher weißt du das denn?“
„Ich habe meine Quellen.“
„Benoît?“

Sie stießen die Tür zum *Riad* mit gemischten Gefühlen auf: Freude, mit Sorge durchsetzte Aufregung, aber auch unter dem Eindruck, sich endlich einen geheimen Wunsch aus dem tiefsten Innern erfüllt zu haben. Ein junger Mann, zweifellos ihr neuer Nachbar, denn er kam aus dem gegenüberliegenden Haus, lächelte ihnen zu und machte eine freundschaftliche Handbewegung.

François antwortete mit der gleichen Geste, doch er übertrieb, als sei er bereits in dem Gässchen zuhause.

Cécile murmelte:

„Hast du gesehen?“

„Was?“

„Sein Lächeln … War das nicht ein wenig ironisch?“

„Ironisch? Komm schon, sei nicht paranoid.“

„Unser neues Leben beginnt hier“, dachte François als er die schwere Tür zuschlug. Diese hochtrabende Ausdrucksweise war ihm ein wenig peinlich, und er sah davon ab, den Satz, den er im Kopf hatte, laut zu wiederholen.

In Gang erstarrte Cécile. Sie war sehr bleich geworden.

„Lieber Gott …“

„Was ist denn?“, fragte François.

„So etwas habe ich noch nie gespürt …“

„Was denn?“

„Hier, in diesem Augenblick, weiß ich … bin ich überzeugt davon, eh, *aufs Heftigste*, dass ich hier gewesen sein muss, ich ... es ist, als erlebte ich zum zweiten Mal einen Augenblick, einen Augenblick …“

„Aber das ist nichts, es ist nur ein *Déjà-vu*. Du weißt, dass man das wissenschaftlich gut erklären kann. Es geht folgendermaßen: In deinem Gehirn entsteht ein neurochemischer Vorgang ..." Er unterbrach sich.

Cécile hockte im Gang und weinte bitterlich, den Kopf in den Armen verborgen. Sie murmelte:

„Nein, das ist es nicht, du verstehst nicht … Ich bin überzeugt, dass mein ganzes Leben mich hierher führen musste … Ich habe Angst."

Er kniete sich neben sie und näherte sein Gesicht dem ihren.

„Cécile, ich erkenne dich nicht wieder. Du, die du so … so nüchtern, so …" Er wagte nicht „bodenständig" zu sagen.

Sie blieben eine ganze Zeit lang nebeneinander sitzen. Am Ende beruhigte sie sich und stand langsam auf.

„Es ist verrückt, als habe das Wort ‚Schicksal' mich plötzlich erdrückt."

Sie zwang sich zu einem Lachen.

„‚Erdrückt von einem Wort' ... kannst du dir das vorstellen, den Schwachsinn, den ich von mir gebe? Ich weiß nicht, was mit mir los ist."

„Das Gewicht der Worte, der Schock der Bilder ..."

Sie blieb stehen und drehte sich um.

„Was hast du gesagt?"

„Ich habe gesagt ‚Das Gewicht der Worte, der Schock der Bilder'. Ich wollte nur etwas dazu sagen, weil du gesagt hast ‚erdrückt von einem Wort'. Es ist der Werbeslogan von *Paris-Match*."

„Das weiß ich doch, du Depp, dass es der Slogan von *Paris-Match* ist. Aber es ist seltsam, als ich dieses Ding … diesen Angstanfall hatte, habe ich auch ein Bild gesehen."

„Ein Bild wovon?"

„Du wirst dich doch nicht über mich lustig machen?"

„Nein, ich verspreche es."

Sie fröstelte und sah sich in diesem Gang, in dem sie noch immer standen, um als überprüfe sie jede Wand.

„Es war eine Art Schwarz-Weiß-Bild ... Eine kleine Gruppe von Soldaten auf einem Kai, also es sah aus wie ein Kai ... Dahinter sah man Umrisse von Schiffen. Kräne ... Du verstehst, was ich meine, ein Hafen eben. Und diese Männer in Uniform, eine kleine Gruppe, die ins Objektiv schauen ...“

„Und wer waren diese Soldaten?“

„Aber ich habe keine Ahnung, François! Vielleicht werde ich verrückt.“

Sie verließen den Gang und gingen in den Patio. Cécile gab sich betont lustig.

„Gut, ich werde die Zimmer überprüfen. Vielleicht gibt es ja Leichen in den Schränken.“

„Mit dem Klima hier sind sie bestimmt schon sehr zersetzt.“

„Pfui ... Los, mach ein Inventar von Pflanzen und Blumen. Du bist doch der *Lenôtre* von Marrakesch.“

„Es gefällt mir, *Lenôtre* zu sein, solange ich deinen privaten Garten bepflanzen darf.“

„Hübsch ... Aber du bist sicher nicht der Erste, der dieses Wortspiel gemacht hat.“

François protestierte:

„Ich habe es eben jetzt hier erfunden. Warum erkennst du meine kreativen Talente nicht an?“

„Aber sicher doch, aber sicher doch. Geh' und probier' sie an der Pflanzenwelt aus.“

Als er sich gerade auf der Terrasse über einen kleinen Strauch in einem Topf beugte, dessen Robustheit er durch leichte Schläge zu erkunden suchte, hörte François einen lauten Schrei aus dem „hinteren Zimmer“. Es war Céciles Stimme. Er richtete seinen langen Körper auf und lief zur

Treppe, die er in wenigen Sekunden in Richtung des Zimmers hinunterrannte. Seine Frau kam mit aufgerissenen Augen und offenem Mund rücklings aus dem Zimmer. Er nahm ihren Arm.

„Was ist los? Was ist passiert?"

Sie zeigte mit dem Finger auf den Raum:

„Da, da …"

„Was?"

„Da ist …"

„Ein Eindringling? Bewaffnet?"

„Eine alte Frau!"

„Eine … Was hat die da zu suchen?"

„Woher soll ich das wissen?"

François betrat mit geballten Fäusten und leicht gespreizten Armen das Zimmer, bereit jeden Angriff abzuwehren. Sein Blick schweifte durch den Raum, er kniff die Augen zusammen, um im Halbdunkel besser sehen zu können. Schließlich entdeckte er zur Linken auf einer Bank eine zusammengekrümmte Gestalt. Vorsichtig trat er näher. Kein Zweifel. Es war eine sehr alte Frau, mit schwarzer Haut, so schwarz, dass sie bläulich zu schimmern schien.

François räusperte sich.

„*Hhhhmmm!* Entschuldigen Sie, Madame ..."

Das grüne Tuch, das die Haare der *Erscheinung* verbarg (absurderweise hallte dieses Wort in François' Kopf wieder) zitterte ein wenig. Sehr langsam wandte sie den Kopf und hob die Augen in seine Richtung. Die beiden winzigen, in dunklen Höhlen liegenden Augäpfel waren übersät mit zugleich weißlichen und durchsichtigen Hornhautflecken. Stumm betrachtete sie den Riesen. Sah sie ihn überhaupt? Ihr Mund, ein grauer Strich auf schwarzem Hintergrund, bewegte sich nicht. Die platte Nase, die leicht glänzenden Wangenknochen, die tausend kleinen Fältchen, die eine Harmonie aus Tönen und Zügen bildeten, alles strahlte Ruhe und Demut aus.

„Es sieht aus wie eine Zeichnung von Giacometti", dachte er. Die außerordentliche Sanftheit in dem kleinen Gesicht, das zu ihm hochblickte, rührte ihn.

„Verstehen Sie Französisch, Madame?"

Keine Antwort.

„Eh..."

Sch...! Wie redet man mit Leuten, die kein Französisch sprechen? In einer solchen Situation hatte er sich noch nie befunden. *Ganz einfach: es geht nicht,* dachte er verschwommen. Er trat aus dem Zimmer, vor dem Cécile immer noch stand.

„Hast du sie gesehen?"

„Klar habe ich sie gesehen."

„Wer ist sie?"

„Hör mal Cécile, ich weiß nicht mehr als du!"

„Was sollen wir jetzt machen?"

„Da gibt es nur eins: Auf zu Hhhhhihmchen, also Benoît."

Hmoudane war unterwegs. Sie beschlossen, ihn auf dem Bürgersteig zu erwarten.

„‚Die Katze im Sack kaufen', jetzt weiß ich, was dieser Ausdruck bedeutet", sagte François und durchforschte die Avenue nach beiden Seiten.

„Ich finde das nicht witzig."

Nach einer halben Stunde sahen sie den roten Dacia heranrollen und am Bürgersteig parken. Der *Samsar* sprang behände heraus und runzelte die Stirn, als er das Paar erblickte, das ihn voller Entschlossenheit zu erwarten schien. Er nickte ihnen leicht zu.

„Ahlan', Prinzessin, *ahlan' sidi.* Gibt's eine Schwerde? *Chi mouchkil?"*

„Da kannste aber Gift drauf nehmen!“, brummte François ins Blaue.

„*Chnou?*“, fragte Hmoudane und betrat gefolgt von den beiden Franzosen sein Büro. Er öffnete brummelnd eine Schublade. Es sah aus, als suche er etwas, sicherlich Schlüssel. François sah Cécile an, die ihn mit Blicken ermutigte. Er räusperte sich.

„Herr Mut Hahn, wir haben im Hinterzimmer eine ... eine alte Dame gefunden.“

Cécile lachte nervös und versuchte, es mit einer Hand vor dem Mund zu kaschieren. Ihr Mann wandte sich ihr zu.

„Ach, findest du das etwa lustig?“

„Entschuldige Liebling, aber das war der ausgefallenste Satz, den ich je von dir gehört habe …“

„Na denn los, erklär' du es ihm selber …“

„Nein, warte doch, ich musste lachen, weil wir jetzt wirken wie zwei Forscher, doch wir haben nicht das Eldorado oder die Nordwestpassage entdeckt, ‚wir haben im Hinterzimmer eine alte Dame entdeckt‘.“

„Wie du siehst, sterbe ich vor Lachen.“

„Ist ja schon gut, es sind die Nerven, weißt du …“

„Erstaunlich, wie du von einem Angstanfall zu einem Lachanfall übergehst …“

Hmoudane hatte aufgehört, in der Schublade zu wühlen, und die Augen auf das zankende Paar gerichtet. Jetzt beugte sich der lange Körper des Franzosen zu ihm hin, und seine Frau wurde von einer Art wildem Lachanfall geschüttelt, der sie umherhüpfen ließ wie ein kleines Mädchen.

„*Ch'nou?* Was für eine Greisin? Welches Zimmer? *Wa* was iss'n das für ein Schlamassel? *Aji wach n'ta ...*“

François fiel ihm ins Wort.

„Kommen Sie mit und sehen Sie selber!“

„*Chouf* ... hab' Zeit doch wieder nicht", erklärte Hmoudane mysteriös.

François hob die Arme zum Himmel.

„Was soll das denn wieder heißen? Das heißt gar nichts. Es ist ein Widerspruch."

Hmoudane durchwühlte wieder die Schublade. Er tat es ohne Überzeugung, nur um die Haltung nicht zu verlieren. Ohne den Kopf zu heben, grummelte er:

„Isch erklär', *a moulay*. Hab' Zeit *ila kanou hadou* Geschäfte, die Kohle einbringen ... *walakin'* hab' keine Zeit *l'khwa l'khawi* anzusehen."

„Er nervt, er nervt", flüsterte François Cécile ins Ohr.

Die hatte ihren Lachanfall unter Kontrolle. Sie übernahm die Leitung des Geschehens.

„Hören Sie, Monsieur Benoît, Sie haben uns dieses Haus verkauft ..."

Hmoudane richtete sich sofort auf und unterbrach Cécile.

„*lla, lla,* Prinzessin! Die Familie Dadouch hat Ihnen ihre *firstliche* Bleibe verkauft. Ich habe nur Öl ins Gerippe gegossen. Ich bin nur der *Samsar*!"

„Wo sind denn diese schemenhaften Dadouchs? Wie kann man sie erreichen?"

Der *Samsar* breitete die Arme aus und riss die Augen auf in einer wunderbaren Geste vereinter Ohnmacht und Unwissenheit.

„*M'chaou!* Ausgewandert! Hinweg! Kanada! Quebec! *Daba* sie sind Kanadier *b'hal hadik* Céline Dion! Die kann man nicht erreichen! *Kazzin? Bl'berd!*"

„Und beim Auswandern haben sie wohl die Großmutter vergessen?"

Hmoudane schloss die Schublade seines Schreibtisches mit einem Knall.

„*Lla*, Prinzessin, *lla*! Willst die Dadouchs doch nicht etwa beleidigen? *Sint* echte *Mosslems*!"

Er ging um seinen Schreibtisch herum und stellte sich vor das Paar. Mit erhobenem Zeigefinger deklamierte er empört ein Grundprinzip.

„Niemals wird ein *Mosslem* seine Mutter Groß vergessen!"

Dann kratzte er sich zweifelnd am Hinterkopf.

„Worum geht es überhaupt? *Fin houwa* der Wolf?"

François beugte sich zu dem kleinen Mann und sah ihm mit angespanntem Kiefer tief in die Augen.

„So läuft das nicht. Kommen Sie mit uns, Monsieur Doudane, dann werden Sie selbst sehen."

„*Wakha* ... *wakha* ... erstmal sehen, was sehen kann", grummelte Hmoudane und nahm die Schlüssel zu seinem Laden aus der Schublade seines Schreibtisches.

François und Cécile waren schon draußen. Der Dacia brachte alle drei in die *Rue du Hammam*. Hmoudane trällerte mit gesenkter Stimme („À la claire fontaine ...") doch man sah, dass er sich Sorgen machte.

François wandte sich zu Cécile, die hinten saß, und flüsterte: „Mensch, es ist uns gelungen, ein ganzes Gespräch mit Benoît zu führen, stell' dir vor!"

„Wir leben uns schnell ein."

„Bald sind wir marokkanischer als Bourguiba."

François trat als Erster ins Hinterzimmer, um sich zu vergewissern, dass die alte Dame noch dort war, dann machte er eine ungeduldige Geste, um Hmoudane hereinzubitten. Der kleine Mann näherte sich mit Bedacht.

„*Iss ja* sehr klein", bemerkte er weise.

„Na und?", antwortete François. Auch wenn sie so klein

wäre wie eine Maus, das Problem würde sich dadurch nicht lösen.

Der *Samsar* hob belehrend den Zeigefinger.

„*Ma t'goulch* ‚Problem', *goul* ‚Sorge'. S'iss jetzt Mode. Ein Tourist aus Straßburg hat es mir erklärt."

François riss sich zusammen, um nicht zu brüllen. Er murmelte:

„Wir pfeifen auf die Semantik. Die Frage ist: Was werden Sie tun?"

„*Ana?* Nichts! Ich bin aus Neugier mitgekommen. *Had chi,* das gibt es nicht alle Tage, auch nicht in Marrakesch. *Chouf a sidi*: *isch* wiederhole, *hadak,* der Kaufvertrag wurde zwischen Ihnen und den Dadouch unterzeichnet. *Ana, isch* habe meine Provision eingestrichen, *l'hamdoullah, ou ki tay goulou f'França*: Der Rest ist mir schnurzegal. *Ou n'zidek*: Sie sind im Unrecht, vielleicht. Greisinnendiebstahl? *Eh, a moulay!* Hehlerei beschädigten Gutes? Los, *b'slama!*"

Plötzlich zeigte er mit dem Finger auf die alte Dame, und als François und Cécile sich ihr zuwandten, eilte er aus dem Zimmer und verschwand. Wenige Augenblicke später hörte man das Motorengeräusch des Dacia in der Ferne. Dann war wieder Stille.

François und Cécile sahen sich an.

„Gut, und was nun?"

Sie hob den Finger, als habe sie plötzlich eine Eingebung.

„Der Nachbar, den wir am ersten Tag getroffen haben?"

„Was ist mit dem Nachbarn?"

„Na, der sah nett aus und scheint Französisch zu sprechen ..."

„‚Scheint Französisch zu sprechen'? Merkwürdige Formulierung ..."

„Sollen wir ihn um Rat bitten? Er lebt ja hier gegenüber."

6

Auftritt Mansour

François schlug den vergoldeten Türklopfer dreimal kurz an. Als er keinen Laut aus dem Haus hörte, klopfte er noch dreimal. Diesmal hörten sie Schritte hinter der Tür, die sich langsam öffnete.

Der Nachbar war ein schmaler junger Mann, mittelgroß, er trug eine Jeans und ein weißes Hemd. Mit einem leicht ironischen Lächeln sah er die Fremden an, als habe er sie erwartet.

François zögerte.

„Entschuldigen Sie, dass ich Sie störe, Monsieur … Äh, Sie sprechen doch Französisch?"

Der junge Mann antwortete völlig akzentfrei.

„Aber ja. Was kann ich für Sie tun?"

François holte tief Atem und legte dann los.

„Hören Sie, ich weiß, es ist seltsam, aber wir haben ein Problem … äh, eine Sorge. Wir haben den *Riad* genau gegenüber gekauft."

„Ja, ich weiß. *(Wie konnte er das wissen?)* Willkommen in Marrakesch. Sind Sie Franzosen aus Frankreich oder aus Marokko?"

François und Cécile sahen sich an. Diese Frage hatten sie sich noch nie gestellt.

Wer waren sie?

„Ich nehme an, wir sind Franzosen aus Frankreich, aber jetzt, wo wir diese Immobilie gekauft haben …" Er biss sich auf die Lippen. (Ich klinge furchtbar hochtrabend!) „... dieses Haus, und oft darin residieren werden (Residieren? Es wird immer schlimmer …) ... also, da gehe ich davon aus, dass wir zu Franzosen aus Marokko werden?“ Er bemühte sich um einen unbeschwerten Ton. „Wann bekommt man denn das Gütesiegel?“

Der junge Mann lächelte, als gefalle ihm der Witz, und reichte François die Hand.

„Noch einmal willkommen! Ich heiße Abarro. Mansour Abarro.“

Zum ersten Mal schaltete sich Cécile ein.

„Merkwürdig, das klingt wie … Ist das ein spanischer Name?“

„Nein, es ist zutiefst marokkanisch. Ein Berbername, wenn Sie so wollen.“

Er reichte ihr die Hand. Cécile zögerte kurz, dann schüttelte sie sie schlaff. Der junge Mann runzelte fast unmerklich die Stirn.

„Keine Sorge, ich bin nicht skrofulös.“

Cécile lachte nervös auf.

„Nein, nein … Ich habe mich nur gefragt, ob Sie überhaupt das Recht haben, einer Frau die Hand zu schütteln …“

Mansour Abarro riss die Augen weit auf.

„Aber ... ich habe Ihnen die Hand doch hingehalten. Und warum sollte ich nicht das Recht haben, wie sagt man noch? Ihnen *die Rechte zu drücken*?“

„Äh ... Ihre Religion …“

„*Meine* Religion? Was wissen Sie denn darüber?“

„Sie sind doch Muslim, oder nicht?“

„Ach so? Steht das auf meiner Stirn geschrieben?“

Er fuhr mit zwei Fingern über die Augenbrauen und tat so, als reibe er energisch.

„Also sind Sie kein Muslim?“

„Es spielt doch keine Rolle, was ich bin oder nicht bin … Das hat keinerlei Bedeutung. Tatsache ist, dass niemand das *a priori* wissen kann. Und das ist sehr gut so."

François lenkte ab.

„Entschuldigen Sie, Monsieur … Arabbo?"

„A-bar-ro."

„Genau, Monsieur Abarro … Eine Frage, ich hoffe, sie ist nicht indiskret. Woher können Sie so gut Französisch? *Skrofulös, die Rechte drücken,* selbst manche Franzosen beherrschen dieses Vokabular nicht."

Der junge Mann nickte.

„Umso schlimmer für sie. Sie sollten eben von Zeit zu Zeit ein Buch lesen."

François bohrte nach.

„Aber woher …?"

„Wie das sein kann? Ganz einfach, meine Eltern haben mich in die französische Schule geschickt. Zuerst Kindergarten, dann CP, CE, CM1 und CM2: Sie kennen die Litanei. Dann bin ich in Marrakesch in die französische Sekundarschule gegangen: Leider wurde sie nach Victor Hugo benannt."

„Leider?"

„Hmmm. Mir wäre Rimbaud lieber gewesen. Sie sehen: Ich hatte genau die gleiche Erziehung wie Sie … Vielleicht nicht die gleiche Erziehung, doch jedenfalls die gleichen Kurse, die gleichen Schulbücher …"

Seine Augen leuchteten ironisch („hämisch", dachte Cécile).

„Was kann ich für Sie tun?"

François zögerte.

„Ich weiß, es klingt unglaublich, aber in unserem *Riad* haben wir eine alte Frau gefunden …"

„Was heißt ‚gefunden'?"

„Also tja, ich kann es nicht anders ausdrücken. Wir haben den *Riad* gekauft und als wir ihn in Besitz genommen haben (Verdammte Sch..., wie gestelzt ich mich ausdrücke, es muss an der Hitze liegen ...), nun, als wir einziehen wollten, war da eine alte ... äh, Dame im Hinterzimmer."

„‚Das Hinterzimmer', ist das nicht ein Romantitel?"

„Äh, ja, gut möglich, ich weiß es nicht ... Können Sie uns helfen, uns einen Rat geben? Wir sind gerade in Marrakesch angekommen, wir kennen die Gebräuche nicht. Um ehrlich zu sein, wir sind da etwas überfordert."

„Wie? Wussten Sie etwa nicht, dass es in jedem *Riad* eine Ahnin gibt, die man *ad vitam aeternam* mit durchfüttern muss?"

François und Cécile sahen sich fassungslos an. Mansour Abarro lachte schallend.

„Ich mache doch nur Witze. Kommen Sie, sehen wir uns doch mal Ihren Hausbesetzer an. Oder heißt es Hausbesetzerin?"

Mansour Abarro warf einen Blick in das Zimmer, kam sofort wieder heraus und holte aus der Küche ein Glas Wasser, das er der alten Dame reichte. Sie machte keine Bewegung. Ohne zu drängen, setzte er das Glas vorsichtig neben sie auf den Boden.

(„Warum tut er das?"

„Ich weiß es nicht. Aber er hat recht ... Ich habe den Eindruck, das ist genau, was man in dieser Art Situation tun muss."

„In dieser Art Situation ... Warst du schon jemals in einem solchen *Schlamassel,* wie Benoît sagen würde?"

„Ja: Als ich klein war, fanden wir nach der Rückkehr aus den Ferien bei uns im Garten ein Kätzchen. Es hatte sich verlaufen ... oder war ausgesetzt worden."

„Ja, und dann?"

„Als erstes hat Mama ihm eine Schale mit Milch gebracht.")

Der junge Mann setzte sich neben die alte Dame. Er begann leise zu ihr zu sprechen. Sie antwortete nicht, wandte ihm aber weiterhin das Gesicht zu. Nach einigen Minuten stand er auf und nahm die beiden Franzosen mit aus dem Zimmer in den kleinen Garten. Er wirkte verdutzt.

„Was ist los?", fragte François. „Sie wirken so, äh ..."

„Es ist seltsam", unterbrach ihn Mansour. „Ich habe ihr einige Fragen gestellt, die sie nicht beantwortet hat, doch danach hatte ich den Eindruck, dass sie mir etwas sagte, etwas anderes, das nichts mit meinen Fragen zu tun hatte."

„Sie hat Ihnen etwas gesagt?"

„Ja, ich hatte den Eindruck, sie zu *hören*. Ganz deutlich."

„Aber sie hat nicht gesprochen, ihre Lippen haben sich nicht ein einziges Mal bewegt!"

„Genau deshalb ist es ja seltsam."

„Und was hat sie gesagt?"

„Warten Sie …"

Mansour Abarro schloss die Augen, als versuche er sich stark zu konzentrieren, dann schlug er die Augen wieder auf.

„Sie hat mir gesagt: *Diese Christen sind gekommen, mir meinen Sohn Tayeb zurückzubringen.*"

Cécile stieß einen Schreckensschrei aus und presste sich an François, der den Kopf schüttelte, den jungen Marokkaner mit hartem Blick ansah und knurrte:

„Entschuldigen Sie, aber … wollen Sie uns verarschen? Sie erzählen egal was, wir haben genau gesehen, dass diese … äh, Dame den Mund nicht aufgemacht hat. Das ist alles erfunden."

Mansour Abarro fuhr sich mit den Händen durch das Haar und sah François an, als sehe er ihn zum ersten Mal. Dann schüttelte er den Kopf, atmete laut und heftig, wie ein Pferd, das schnaubt, und stand auf.

„Glauben Sie mir, wenn ich Geschichten erfinden könnte, hätte ich einen anderen Beruf. Ich wäre zum Beispiel Schriftsteller, anstatt mich in überheizten Vorlesungssälen mit tausend Studenten herumzuschlagen. Was hier vor sich geht, ist unverständlich. Aber ich wiederhole, *ich habe gehört,* was mir Massouda erzählt hat."

François fuhr auf.

„Aber ... Sie kennen ihren Namen! Das ist ein abgekartetes Spiel, Sie kannten sie bereits! Jetzt haben Sie sich verraten!"

„Ganz und gar nicht."

„Aber dann ..."

„Dann gar nichts. Sie hat es mir gesagt."

„Wann? Wie?"

„Eben. Ich habe sie *ganz deutlich* sagen hören, wie sie heißt."

Cécile ging zu ihrem Mann und nahm seinen Arm.

„François, was hier gerade passiert, gefällt mir gar nicht."

Mansour Abarro hob als Zeichen der Besänftigung beide Arme.

„Hören Sie, ich bin genauso erstaunt wie Sie, wir sitzen im selben Boot. Das einfachste ist, zur Polizei zu gehen. Gehen Sie zur Wache neben dem *Club Med,* auf dem Jemaa-el-Fna-Platz. Es ist nicht weit von hier. Fragen Sie nach Kommissar Chaâbane."

„Ein Vetter von Ihnen?"

„Nein, aber er hat mich einmal während einer Gewerkschaftsdemo geohrfeigt. Das verbindet."

„Sie machen Witze?"

„Kaum. Beziehen Sie sich auf mich."

Mansour Abarro verabschiedete sich mit einer leichten Verbeugung und verschwand schnell im Patio. Sie hörten, wie sich die Haustür öffnete und dann schloss.

7

Der Kommissar schreitet ein

Als er sah, dass ein Touristenpaar das Kommissariat betrat, erhob sich der *Schaousch* schnell und kam ihnen entgegen.

„Ach kayne, a sidi?“

„Kommissar Chabane?“

„Chaâbane?“

„Ja genau.“

(„Wie ärgerlich, *die* zwingen mich immer, alles zu wiederholen, dabei spreche ich doch deutlich, oder?“

„Sie haben Harissa in den Ohren.“)

„*Ch'nou smiyetkoum?* Ihre Namen?“

„Monsieur und Madame Girard.“

Der *Schaousch* verschwand in den Gängen und kam nach einigen Augenblicken zurück, um sie zu holen. Er führte sie in ein großes, völlig leeres Zimmer, in dem nur ein Bild des jungen Königs an der Wand hing und ein langer Schreibtisch stand, hinter dem der Polizeikommissar saß. Der Mann bestand in erster Linie aus einem Schnurrbart, dicht, bedrohlich; dahinter kam der Schädel einer Bulldogge zum Vorschein, zerfurcht, voller Beulen und wild sprießender Stoppeln; schließlich ein durchdringender Blick, geeignet, Verdächtige erstarren zu lassen – und man konnte spüren, dass die ganze Welt unter einem solchen Blick verdächtig wurde.

„Eine leibhaftige Polizistenfresse“, dachte François.

„Was für ein fürchterlicher Typ“, dachte Cécile.

Er erhob sich nicht. Er bedeutete ihnen nicht, sich zu setzen. Cécile warf ihm einen niederschmetternden Blick zu, doch er schien es nicht zu bemerken. Er knurrte nur:

„Madame, Monsieur, was kann ich für Sie tun?"

François räusperte sich.

„Also, ich weiß nicht genau, wo ich anfangen soll ... Es ist so: Wir haben in der *Rue du Hamann* einen *Riad* gekauft ..."

„Ich weiß", sagte der Kommissar kalt.

François und Cécile sahen sich verblüfft an. *Wie konnte er das wissen?*

„Also, weiter?", fragte der Kommissar ungeduldig und sah betont auf seine Uhr.

François stürzte sich in die Fluten.

„Nun, wir haben dort, äh, eine alte Dame gefunden ..."

„Wie ‚gefunden'?"

Der Kommissar schien ehrlich erstaunt. Er erhob sich halb von seinem Stuhl, stützte sich mit den Händen auf dem Schreibtisch auf, und seine kleinen Augen gingen unablässig von einem Franzosen zum andern, als präge er sich jede Einzelheit ihrer Gesichter ein. Cécile hatte den klaren Eindruck, dass der Kommissar am meisten darüber erstaunt war, dass er es nicht *gewusst* hatte, dass er nicht *bereits vorher* über einen so bizarren Zwischenfall informiert worden war.

François erklärte geduldig die ganze Angelegenheit. Der Schnurrbart setzte sich wieder und breitete die Arme in einer großen Geste aus, in der sich Unverständnis und Empörung vermischten.

„Aber man ‚findet' doch nicht einfach so alte Damen! Wie vergessene Gepäckstücke im Wartesaal eines Bahnhofs! *Lla* Monsieur, *lla*, so geht das nicht, das geht gar nicht!"

„Genau deshalb sind wir zu Ihnen gekommen."

„Beschreiben Sie die Person."

Der Kommissar nahm ein Blatt Papier aus einer Schublade, legte es vor sich hin und kramte einen Bleistift aus einem Federkasten.

(„Sieh an, die haben noch Federkästen?")

François stieß seine Frau leicht an.

„Mach du mal!"

Cécile schüttelte den Kopf und legte los.

„Es ist eine alte Person, sehr alt ..."

„Ja?"

„Sie ist ganz gebeugt ..."

„Wie bitte?"

„‚Gebeugt'. Das bedeutet ‚klein'."

Der Kommissar hatte noch nichts aufgeschrieben und sah Cécile verblüfft an.

„Seltsam ... Das sind also zwei Worte, die das Gleiche bedeuten? Warum benutzen Sie dann eher das eine als das andere?"

„Nein, es gibt einen kleinen Unterschied. Doch ich kann ihn nicht genau ausdrücken ..."

„Madame, ich fordere Sie auf, mir den Unterschied zwischen ‚klein' und ‚gebeugt' zu erklären."

„Wie das, Sie *fordern mich auf*? Mit welchem Recht?"

„Madame, ich muss eine Aussage aufnehmen und zwar so genau wie möglich. Sie haben Verwirrung in die Sache gebracht, indem Sie ein Wort durch ein anderes ersetzt haben. Zudem weise ich Sie darauf hin, dass Sie Glück haben, dass ich Ihre Erklärung in Ihrer Sprache aufnehme, wo doch die offizielle Sprache dieses Landes Arabisch und nicht Französisch ist. Deshalb *fordere ich Sie auf*, sich klar auszudrücken, wenn Sie Ihre eigene Sprache benutzen, und *ich fordere Sie auf*, mir den Unterschied zwischen ‚gebeugt' und ‚klein' zu erklären, sonst können Sie auch mein Büro verlassen und den Affen auf dem Platz Ihre Abenteuer erzählen. Da sind etliche versammelt."

Cécile sah François entsetzt an. Der übernahm.

„Herr Kommissar, ‚klein' ist ein ziemlich neutraler Ausdruck, den man genauso für ein Kind wie für einen Erwachsenen benutzen kann. Hingegen benutzt man ‚gebeugt' vor allem in Bezug auf alte Menschen, man kann sich vorstellen, wie jemand von mittlerer Größe beim Altern unter dem Gewicht der Jahre krummer oder sogar kürzer wird: Dann sagt man *gebeugt* oder wenn Sie wollen *verhutzelt*."

„Verhutzelt?"

(„Sch....! Jetzt wird er mich *auffordern*. Oder einmachen.")

Cécile schaltete sich ein:

„Gebeugt, sie ist gebeugt, das ist alles!"

„Mmmm. Fahren Sie bitte mit der Beschreibung fort."

„Nun ja, da gibt es nicht viel hinzuzufügen."

Der Kommissar nickte und legte dann den Bleistift sorgfältig in den Federkasten zurück.

„Madame, Monsieur, Sie haben mir soeben *alle* alten Frauen dieser Welt beschrieben. Zumindest alle, die ‚gebeugt' sind: Riesinnen können wir folglich aus unseren Ermittlungen ausschließen. Doch das bringt uns nicht weiter, so viele gibt es davon nicht in Marrakesch."

Das alles hatte er in sehr ernsthaftem Ton vorgebracht, sein Schnurrbart hatte nicht gezittert. War es ironisch gemeint? Er fuhr fort:

„Wissen Sie denn zumindest, ob sie Marokkanerin ist?"

„Also, das ganz bestimmt!"

„Und woher wissen Sie das?"

François konnte sich noch zurückhalten, um den Satz nicht auszusprechen, der sich ganz selbstverständlich in seinem Gehirn gebildet hatte. („Nun, sie sieht aus wie eine Marokkanerin.")

„Eigentlich wissen wir es nicht, doch ich kann mir nicht vorstellen, was eine Peruanerin in Marrakesch zu suchen hätte ..."

„Wie, eine Peruanerin?"

Chaâbane strich sich über den Schnurrbart.

„In welchem Verhältnis stehen Sie zu Peru, Monsieur Girard?"

„Wie bitte?"

„Das ist nicht weit von Kolumbien nicht wahr? Dabei dachte ich, Sie seien Franzose. Sind Sie in Transit nach Kolumbien? Oder kommen Sie gerade daher?"

Der Schnurrbart begann zu zittern.

„Machen Sie Importgeschäfte? Was führen Sie denn ein? Wo ist Ihr Gepäck? Wohnen Sie noch im Hotel du Dadès?"

François hob die Arme, die offenen Handflächen in Richtung Kommissar, als wolle er diese Flut von Worten stoppen, die sie alle über die Grenzen der Vernunft hinaus zu schwemmen drohte.

„Nein nichts, nichts … Es war nur eine Ausdrucksweise. Vergessen wir Lateinamerika."

„Latein?"

„Vergessen Sie alles, Herr Kommissar …"

„Aber es ist nicht mein Beruf zu vergessen. Ganz im Gegenteil."

Cécile schaltete sich mit fester Stimme ein.

„Herr Kommissar, in unserem *Riad* ist eine alte Dame. Wir wissen nicht, wer sie ist oder wo sie herkommt. Wir sind hergekommen, um Sie zu bitten, uns bei der Lösung dieses Problems zu helfen. Dieser Sorge."

Chaâbane hatte sich der jungen Frau zugewendet. Als sie den Satz beendete, wartete er einen Augenblick, als könne er sich nicht von diesem blauen Blick, der sich in ihn bohrte, lösen. Dann schüttelte er sich und fragte:

„Was erwarten Sie genau von mir? Wollen Sie die Identität Ihrer *Gebeugten* herausfinden?"

„Nein, nicht wirklich. Im Grunde ist uns das egal. Wir wollen nur, dass sie … dass sie nicht mehr in unserem Haus ist."

„Und wie sollen wir dieses Wunder vollbringen?"

Cécile hob die Arme, um ihre Ohnmacht zu dokumentieren. François murmelte: „Kann man sie denn nicht … *umsiedeln*? In ein Altersheim stecken?"

Der Kommissar sah aus, als werde ihm gleich übel.

„Ein Altersheim, in Marrakesch? (Wo kommt dieser *Nasrani* eigentlich her?) Sie müssen wissen, wir stecken unsere alten Menschen nicht in irgendwelche … wie sagt man noch? … Sterbeanstalten ... wir behalten sie bei uns, in der Familie, auch wenn sie *gebeugt* sind. Vor allem, wenn sie *gebeugt* sind."

Eine Pause.

„Dennoch muss ich feststellen, dass anscheinend in Casablanca das erste Altershospiz eröffnet wurde. Alles geht vor die Hunde, leider. Unsere Traditionen verschwinden …"

Er strich über seine Schnurrbartenden. Das war wohl eine Macke von ihm.

„Dabei gibt es einen Artikel in unserem Gesetzesbuch, der den Kindern auferlegt, ihren alten Eltern Kost und Logis zu gewähren."

Plötzlich war François sehr interessiert.

„Das steht so im Gesetz? Schwarz auf weiß?"

„Sicher, es ist nicht mit unsichtbarer Tinte niedergeschrieben."

Zum ersten Mal in diesem Gespräch zeigte der Kommissar ein breites Lächeln, er war sehr stolz auf seinen Scherz. Er wiederholte: „Hihi, nicht mit unsichtbarer Tinte …"

François ließ sich nicht ablenken.

„Aber in diesem Fall, wenn es im Gesetz steht, brauchen wir nur ihre Kinder zu finden und die Sache ist geregelt. Sie werden sich um sie kümmern."

„Das stimmt", gab der Kommissar mit Bedauern zu. „Doch

irgendetwas ist an der Sache faul. Sie haben das Haus doch den Dadouchs abgekauft, nicht wahr?"

Er wusste wirklich alles.

„Ja, doch wir haben einen der Söhne nur ganz flüchtig getroffen. Alles ist über den Immobilienmakler Herrn Moudane gelaufen."

„Hmoudane, der Dichter?"

François und Cécile sahen sich überrascht an. Benoît, ein Liebling der Musen? Jetzt wurde es aber wirklich absurd.

„Gut", sagte der Kommissar, „gehen wir zu unserem großen *Cha'ir*."

„Was heißt denn *Schak-ir*", fragte Cécile schüchtern.

„*Cha'ir*", antwortete Chaâbane und setzte sein Käppi auf, „*Cha'ir* bedeutet Dichter."

„Entschuldigung", meldete sich François, „aber Sie haben gesagt ‚an der Sache ist etwas faul'."

„Ja genau", murmelte der Mann und schnallte sein Koppel um.

„Und ... Was ist da ..."

Der Kommissar bohrte seinen Zeigefinger in den Bauch von François.

„Was da faul ist, Herr Importmanager; die Dadouchs hatten weder eine Großmutter noch eine Großtante, noch irgendeine andere alte Person, weder gebeugt noch gebeutelt in ihrem *Riad*. Das ist ja jetzt Ihr Haus. Und damit Ihre Verantwortung."

Der Kommissar schob die Bürotür entschlossen auf und trat mit festem Schritt hinein. Hmoudane, der hinter seinem Schreibtisch döste, erhob sich schleppend und brummte:

„*Ch'nou?*"

Dann erkannte er den Kommissar und ein Lächeln erhellte

sein hochrotes Gesicht. Die beiden Männer gaben sich zuerst die Hand, schlugen sich gegenseitig auf die Schulter und umarmten sich dann wie alte Bekannte. Diese dreiteilige Begrüßung beunruhigte François irgendwie, denn sie wirkte auf ihn wie ein Bündnisschluss, der sich sicher gegen sie wenden würde – sie, die sie niemanden umarmten.

„Salâm, si l'commissir ..."

„Salâm ..."

Ohne die beiden Franzosen zu beachten, schlängelte sich Hmoudane zwischen ihnen durch und trat vor die Tür. Anscheinend gab er einem Jugendlichen, der wie ein roter Flamingo mit einem angewinkelten Bein gegen die Mauer lehnte, einen Auftrag. Der Jugendliche rannte in Richtung Sümpfe.

„Das Gebräu ist im Anzug", verkündete Hmoudane und trat zurück in sein Büro. „Was kann ich für Sie tun?"

Der Kommissar ergriff das Wort in einem äußerst gelangweilten Ton.

„Aji,n'ta li-be'ti, li'oum haddik ad-dar diyal ad-dadouchiyine?"

François unterbrach:

„Ich möchte Ihnen ja keine Befehle erteilen, meine Herren, und noch weniger Sie zu etwas auffordern, doch könnten Sie Französisch sprechen? Das würde uns ermöglichen zu verstehen ..."

Hmoudane ging nahtlos zur Sprache Voltaires über:

„*Eh, ana* habbich verkauft *kitay goulou,* das Billerbuchhaus. *Walakine* es war leer, *khawya, ma fiha la* respektable Ahnin *la oualou.*"

„Sind Sie sich da sicher?", fragte der Kommissar. „Da war keine gebeugte, scheinbare *Chibaniyya*?"

„*Ch'nou? Chinouiyya? Wa kâyn,* Chinesen gibt es immer mehr in Marokko, *walakine,* beim Leben meiner Mutter, da war kein Chinese im *Riad,* als ich ihn verkauft habe."

Er schwieg einen Augenblick und bekam einen gequälten Ausdruck.

„*Aji*, verdächtigen Sie mich etwa?"

Der Kommissar legte dem Immobilienmakler die Hand auf die Schulter.

„Aber nein, *Si* Hmoudane, aber nein, ich wollte nur die Fakten überprüfen."

François nutzte die Anwesenheit des Kommissars, um dem *Samsar* die Schlüssel des Dacia abzuverlangen, die der auch nach einigem Murren herausrückte.

„Und wo ist unser Wagen?"

„*Wayni hada* ... alles auf Vertrauensbasis, *kitay goulou*."

Er gab ihnen ein Zeichen hinauszutreten und führte sie zur Straßenecke. In der Tat war der Wagen von Grund auf gereinigt, die Windschutzscheiben gesäubert und die Sitze vom Staub befreit worden. Der Wagen war wie neu. François und Cécile sahen sich erstaunt an.

(„Benoît scheint doch kein Betrüger zu sein."

„Deshalb heißt er ja auch Benoît.")

Sie gingen zurück in die Agentur, wo sie der Kommissar erwartete. Hmoudane gab ihnen ein kleines Abschiedszeichen, als sie aus seiner Höhle traten. Sie stießen gegen den Jugendlichen, der ein Tablett mit Gläsern trug. Er fragte missmutig:

„Und was ist mit dem Kaffee?"

„Mit dem wirst du auf uns anstoßen", beschied ihn der Kommissar. „Bringen wir Licht in diese Angelegenheit. Ich habe auch noch anderes zu tun."

Sie erreichten die *Rue du Hammam*. Zuerst hielt der Kommissar vor einem Krämerladen und besprach sich kurz mit dem Eigentümer. Er nickte und sah François misstrauisch an. François protestierte auf gut Glück:

„Also, was ist denn jetzt los?"

„Der Krämer behauptet, dass seit ewigen Zeiten keine alte Dame aus *Ihrem* Haus heraus oder dort hinein gegangen ist."

„Vielleicht gibt es in seiner Abwesenheit Massenbewegungen."

„Welche Abwesenheit? Er ist immer hier, steht seinen Mann, vom Morgengrauen bis tief in die Nacht."

„Wie der kleine arabische Laden an der Ecke in Paris", murmelte Cécile.

Der Kommissar hatte ein gutes Gehör. Er wandte sich zu Cécile und antwortete:

„Ja, bloß hier ist der Araber an der Ecke immer ein Berber."

Mit schnellen Schritten betrat er den *Riad,* warf einen Blick auf den Pomeranzenbaum und ging zum Hinterzimmer. Die beiden Männer traten dort ein. Cécile blieb an der Türschwelle stehen. Die alte Dame hielt den Kopf gesenkt – betete sie gerade? Nach einem Augenblick totaler Unbeweglichkeit wandte sie sich langsam Chaâbane zu. Alles schien zu verschwimmen. Der Halbschatten in dem kleinen Raum wurde dunkler, und die in der Ecke zusammengekauerte Gestalt schien mit der Finsternis zu verschmelzen. Cécile fröstelte, sie drehte sich instinktiv zum Garten hin und hob den Blick. Eine schwarze Wolke schwebte über dem Haus – warum war es plötzlich so still?

François runzelte die Stirn, er bemühte sich, die vertraute Gestalt inmitten des Vorhangs aus Ruß, der sich über die Szene gelegt hatte, auszumachen. Vergebene Liebesmühe: Man konnte nichts mehr erkennen – von ihr sah man nur noch die hellen Augen – und ihre Augen waren auf den Kommissar gerichtet. Der blieb lange Zeit unbeweglich stehen, dann knurrte er und ging auf sie zu. Mit einer schnellen Geste versuchte er, den Arm der alten Dame zu umfassen, doch seine Finger schienen ins Leere zu greifen. Die hellen Augen forschten weiter in seiner Seele. Verärgert knurrte er, schob seinen Arm wieder blind nach vorne – und bekam eine Art Elektroschock, der ihn mit einem großen Satz nach hinten springen ließ. Er fand sich in den Armen von François wieder, der überrascht zurückweichen wollte, stolperte und in seiner ganzen Länge vor die Tür fiel, dabei Cécile mitriss. Die drei ineinander verfangenen Körper brauchten einige Augenblicke, um sich zu entknäueln.

Der Kommissar sprang auf die Beine und fing an zu brüllen:

„Mein Arm! Mein Arm!"

Sein rechter Arm hing wie ein totes Gewicht an seinem Körper.

„Ich kann ihn nicht mehr bewegen!"

Er warf einen irren Blick auf die alte Dame. Sie sah jetzt aus wie eine Erscheinung. Man konnte sie im Dunkeln zwischen all den Schatten kaum erkennen. Chaâbane brüllte:

„Ihr beide! Bleibt hier oder fahrt zurück nach Peru, wenn das euer Ding ist, aber kommt mich nicht mehr belästigen!"

Er rannte aus dem *Riad,* hielt seinen Arm mit der linken Hand fest. François und Cécile standen auch auf; sie waren bass erstaunt.

„Was ist eben geschehen?"

„Keine Ahnung. Es ist wie im Irrenhaus."

Sie setzten sich in den *Bouh*. Cécile wandte sich zu ihrem Mann.

„Was machen wir nun?"

„Wir müssen sie ernähren. Wir sind doch keine Unmenschen."

„Wenn du nur aufhören könntest, in Klischeebildern zu reden, ginge es auch schon besser. Das geht mir auf die Nerven!"

François beschloss, der Ahnin Wasser zu geben. Er holte es

in einem Napf, ging in das Zimmer und hielt es ihr wie eine milde Gabe hin. Die alte Dame bewegte sich nicht. Er schob den Napf langsam zu ihrem Mund und hatte das seltsame Gefühl, dass der Gegenstand auf keinen Widerstand stieß, als dringe er in eine Art menschliches Antlitz aus Äther. Es musste eine optische Täuschung sein. Er stellte den Napf wieder hin und ging aus dem Zimmer. Er beschloss, Cécile nichts davon zu sagen. Sie war auch so schon gereizt genug. Sofort herrschte sie ihn an:

„Ich kann hier nicht schlafen, mit dieser … dieser, ich weiß nicht was, im Hinterzimmer. Vor allem nach der Geschichte mit dem Kommissar."

„Was ist mit dem Kommissar? Er hat eine falsche Bewegung gemacht, du hast ja gesehen, dass er gefallen ist, er hat sich den Arm verstaucht …"

„Den Arm verstaucht?"

„Verstaucht, verrenkt, gebrochen, ich weiß es nicht … Eine Hundertjährige wird es doch wohl kaum schaffen, uns aus unserem Haus zu verjagen. Im übrigen, jetzt wo ich darüber nachdenke, vielleicht ist das ja das Ziel der Übung: *sie* verkaufen uns ein Haus, dann verstecken *sie* dort eine als Gespenst verkleidete Komplizin und warten darauf, dass wir in Todesangst abhauen. Es kommt nicht infrage, dass sie uns über den Tisch ziehen! Hier bin ich und hier bleibe ich. Wir werden ja sehen, wer als Erster nachgibt."

„Dennoch kann ich heute Nacht hier nicht schlafen."

„Wenn du darauf bestehst, kannst du ja zum Schlafen zurück ins Dadès gehen."

„Wir haben bereits ausgecheckt."

„Ja, aber unser Gepäck ist noch dort. Wir können ja erneut ein Zimmer belegen."

Er führte sie ins Hotel und bat um ein Zimmer. Der unverschämt wirkende junge Mann an der Rezeption hob eine inquisitorische Augenbraue:

„Aber Sie haben doch heute Morgen bereits ausgecheckt."

„Na und? Heißt das, dass wir nie mehr das Recht haben, bei Ihnen ein Zimmer zu belegen? Steht das so in der *Scharia*?"

„Nein, aber … Sie müssten sich eben entscheiden. Gehen Sie oder kommen Sie?"

„Man könnte sagen, wir kommen wieder. Wir kommen ohne Sie nicht mehr klar. Im Übrigen ist unser Gepäck noch in Ihrem Lager."

Der Mann am Empfang zuckte die Achseln.

„Nun gut, Monsieur Girard, ich gebe Ihnen das gleiche Zimmer. Es ist, als seien Sie nie weg gewesen. Und morgen früh spendieren wir Ihnen zweimal gratis Frühstück, um uns für Ihre Treue zu bedanken."

Das hatte er mit einem breiten Lächeln gesagt.

(„Sind die alle ironisch hier? Was verbirgt sich dahinter?"

„Ach nein, nicht schon wieder deine Paranoia.")

François öffnete die Tür des Zimmers und ließ Cécile an sich vorbei eintreten.

„Hier sind wir wieder! Es kommt mir vor wie die ‚ewige Wiederkehr'." Er drückte Cécile einen Kuss auf die Stirn, sie legte sich schweigend auf das Bett.

„Ruh' dich schön aus, ich gehe zurück in die *Rue du Hammam*."

„Warum?"

„Nun, zum … Überwachen."

„Was willst du denn überwachen? Die Alte? Sie wird ja wohl nichts entwenden, die … Wände entwenden, ha!"

Sie lachten beide auf, doch es war ein nervöses Lachen, ein freudloses Lachen.

„O.k., ich bleibe hier."

An diesem Abend betrachteten die beiden Franzosen die Situation aus allen Blickwinkeln.

„Gehen wir rational vor. Hmoudane behauptet, er kenne die Alte nicht …"

„Doch wir verstehen nicht alles, was er sagt, vor allem wenn er die Berbersprache benutzt."

„Aber wir haben das Haus doch besichtigt! Sogar zweimal! Es war leer."

„Sagen wir, wir haben nichts gesehen."

„Der Krämer an der Ecke hat nie jemanden hinein oder heraus gehen sehen. Glaub' mir, wenn jemand weiß, was los ist, dann ist es der Krämer! Wahrscheinlich ist er ein Polizeispitzel."

„Und was ist mit dieser Geschichte, die uns der Nachbar da erzählt hat, Arrabo? Der Sohn, den man ihr *zurückgeben* muss?"

„Das ist Spinnerei, vergiss es."

8

Was die Nacht erzählt

Am nächsten Morgen gingen François und Cécile nach dem Frühstück zu Fuß zu ihrem *Riad*. Als sie in die *Rue du Hammam* einbogen, stellte sich ihnen Mansour Abarro, der aus der entgegengesetzten Richtung kam, mit fröhlicher Miene in den Weg.

„Nun, es heißt, Sie haben den Arm eines Polizeikommissars gebrochen? Alle Achtung! Nicht viele können das von sich behaupten. Die wenigen anderen besehen sich die Gänseblümchen von unten …"

François verneinte mit ausgestrecktem Zeigefinger.

„Das ist nicht unsere Schuld! Ich glaube, er hat sich … Ich kenne den genauen Ausdruck nicht, aber es muss mit den Nerven zu tun haben. Er ist gelähmt."

„Es ist *psychosomatisch*", fügte Cécile hinzu.

Mansour betrachtete sie kurz nickend und wechselte das Thema.

„Haben Sie heute Abend Zeit? Ich lade Sie zum Abendessen ein. Sie müssen sich von dem ganzen Schreck erholen. Wir werden mit dem Auto nach Asni in die Berge fahren."

François klopfte sich an die Stirn.

„Dabei fällt mir ein, dass wir den Dacia noch nicht an Hertz zurückgegeben haben. Benoît hat ihn uns endlich zurückgegeben, aber ich weiß nicht mehr, wo er geparkt ist."

„Benoît?"

„Äh, ich meine Moudane, er ist Immobilienhändler."

„Hmoudane, der *Samsar*? Sie machen doch nicht etwa Geschäfte mit diesem Verrückten?"

„Kennen Sie ihn?"

„Alle Welt kennt ihn. Ein Kerl, der wie ein Buch spricht und Lieder aus den dreißiger Jahren singt …"

„Woher kommt das?"

„Er hat jahrelang mit einem ans Ohr geklebten Transistorradio gelebt. Er hörte französische Rundfunkstationen. Nicht ein einziges Mal hat er *‚Les cinglés du music-hall'* verpasst."

„Das Ding von Jean-Christophe Averty? Nun, da kann man mal sehen, wie alt wir schon sind ..."

Cécile schaltete sich ein.

„Aber sein Vetter hat mir in Paris etwas anderes erzählt ... er hat gesagt, er habe Hunderte alter Schmöker verschlungen, alles Gedruckte, was er finden konnte. Geduldig wartete er am Straßenrand auf den täglichen Bus der TCM oder CTM, oder so ähnlich ..."

Abarro lächelte.

„Ach, wir Marokkaner haben immer zehn Versionen der gleichen Geschichte. Es ist wie das Leben: Das kann man auch in zehn verschiedenen Weisen erzählen, oder etwa nicht?"

„Jaja", sagte François, den das ganz und gar nicht überzeugte.

„Also, kommen Sie heute Abend mit mir nach Asni?"

„Ehrlich gesagt nein, wir haben keine Zeit … Und uns ist auch nicht nach Tourismus zumute."

„Na gut, dann sollten wir jetzt wenigstens dahinten in der kleinen Kaschemme ein Glas Tee zusammen trinken."

Sie setzten sich an einen Tisch und bestellten *Berrads* mit Tee. François beobachtete den jungen Professor misstrauisch. Nach ein paar Minuten Smalltalk über Marrakesch und die Umgebung wechselte er das Thema.

„Mir fällt es schwer zu glauben, dass Sie die alte Dame wirklich *gehört* haben ... also, ich meine diesen bizarren Satz …"

Abarro stellte sein Glas ab und sah François direkt ins Gesicht.

„Dann sollten wir es einfach noch einmal ausprobieren!"

François hielt seinem Blick stand.

„Abgemacht!"

„Wann?"

„Direkt heute Abend."

„Das trifft sich gut: Ich habe Zeit."

Es war schon dunkel, als sie sich in dem kleinen Raum trafen. Mansour Abarro schloss die Augen. Zu seiner Rechten spürte er die Wärme des winzigen Körpers, der wie ein kleiner ängstlicher Vogel zu flattern schien – derselbe Körper, der scheinbar keinerlei Konsistenz gehabt hatte, als François ihm den Napf hinhielt. Zu seiner Linken saßen die beiden Franzosen nebeneinander auf dem *Seddari* und beobachteten ihn und die alte Frau; manchmal verengten sich ihre Augen auf eine Weise, die zugleich Staunen, Argwohn und vor allem ängstliche Faszination ausdrückte.

Der *Muezzin* sprach das *Isha'* Gebet. In dem Augenblick, als seine Stimme verklang, erhob sich Mansour. Er wirkte verstört.

„Nun, was hat sie gesagt?"

„*Waw!* Das ist eine Geschichte ... wie heißt es noch? *Voller Klang und Wut*. Dabei war das nur der Anfang."

„Der Anfang?"

Mansour strich mit der Hand über die Augen und schien dann zu gähnen. „Hören Sie, jetzt bin ich erschöpft. Ich gehe schlafen. Doch wenn Sie wollen, komme ich morgen wieder für die nächste Episode."

François und Cécile waren überrumpelt und wussten nicht,

was sie antworten sollten. Die Haustür fiel leise zu. Auch sie verließen das Haus und gingen zum Hotel zurück.

In der Woche danach wiederholte sich diese Szene mehrmals. Sie versammelten sich alle im Hinterzimmer und verbrachten ein paar Stunden in einer kaum vom abendlichen Raunen der Stadt unterbrochenen Stille. Mansour schien sehr konzentriert, François und Cécile schliefen am Ende immer auf dem *Seddari* ein. Jedes Mal erhob sich Mansour nach dem Gebetsruf und verschob jegliche Erklärungen auf den nächsten Tag.

(„Er gibt für uns die Scheherazade."

„Du wolltest doch *Tausendundeine Nacht*, jetzt hast du's."

„Ich? Du warst doch derjenige, der einen *Riad* in Marrakesch kaufen wollte!")

Eines Morgens, als sie im *Hivernage* spazieren gingen und sich fragten, ob sie ihren Freunden in Frankreich erzählen sollten, was ihnen widerfuhr, trafen sie zufällig Mansour, der mit großen Schritten und einer Aktentasche in der Hand in Richtung Medina eilte.

„Ach, da ist ja unser Erzähler, der nicht erzählt!", lästerte François.

„Und der sich nichts erzählen lässt", antwortete Mansour lächelnd.

„Hören wir auf mit dem Geplänkel! Worum geht es eigentlich in der Geschichte?"

Mansour wandte sich an Cécile.

„Sie haben einen Mann, der sich und anderen keine Zeit lässt."

„Ach, wissen Sie", antwortete sie, „auch ich möchte so schnell wie möglich etwas an diesem Rätsel verstehen."

„Das trifft sich gut", sagte Mansour. „Schlussendlich habe ich die ganze Geschichte zusammenfügen können. Zumindest einen großen Teil davon. Wir brauchen keine nächtlichen Sitzungen mehr."

„Na dann raus damit. Wir sind ganz Ohr."

„Einfach so? Auf dem Bürgersteig? Da fehlt es an … Wie soll man sagen? *Würde.* Im Übrigen habe ich beschlossen, der Einfachheit halber Tayebs Geschichte aufzuschreiben."

„Tayeb? Ach ja, dieser Sohn …"

Mansour klopfte auf seine Aktentasche.

„Im Moment habe ich Freizeit, die Studenten streiken. Jeden Abend, sobald ich nach Hause kam, habe ich aufgeschrieben, was die alte Dame mir erzählt hat. Und dann …"

Er lächelte ein wenig verlegen.

„Wissen Sie, ich habe immer davon geträumt, Schriftsteller zu werden. Von Zeit zu Zeit amüsiere ich mich mit dem Schreiben kleiner Geschichten, auch von Kurzgeschichten … ‚gesehene Dinge', wie der andere sagte. Manchmal auch Gedichte … Aber noch nie habe ich eine ganze Geschichte aufschreiben können, mit einem Anfang, einer Entwicklung, Figuren, einem Ende … Und das ist fantastisch! Ich habe nun, was ich brauche. Was Massouda mir erzählt hat, ist … äh, zugleich ergreifend und ... *exemplarisch* oder vielmehr *emblematisch.* Ich weiß auch nicht, welches Adjektiv man da benutzen soll. Es ist merkwürdig, wenn ... Jedenfalls mit einem historischen Hintergrund – und das kann ich, das ist mein Beruf! – wird es etwas Starkes. Ein Roman …"

François unterbrach ihn.

„Wenn ich richtig verstehe, Monsieur Abarro, sitzen wir in der Tinte, schwimmen wir in einem Meer von verwirrenden Rätseln, doch es ist alles in Ordnung, solange Sie daraus einen großen marokkanischen Roman ziehen können? Ich hoffe, es gibt wenigstens eine Danksagung für unsere wirklich ungewollte Beteiligung an diesem Bilderrätsel."

Mansour wirkte zerknirscht. „So habe ich das nicht gesehen … Aber ich tue das auch für Sie."

„Wie das denn?", fragte Cécile.

„Wenn Sie meinen Roman gelesen haben, werden Sie viele Dinge verstehen."

Und er ging davon. François rief ihm nach.

„Wann sind Sie denn fertig mit Ihrem, äh...?"

Mansour drehte sich um:

„In einer Woche. Ich arbeite Tag und Nacht."

Er hielt Wort. Am Ende der Woche tauchte er im Hotel auf, als die beiden Franzosen gerade frühstückten. Er setzte sich einfach zu ihnen, aß ein paar weiße Trauben, dann zog er etwa hundert mit einer Spirale zusammengehaltene Blätter aus seiner Aktentasche. Auf der ersten Seite stand in Großbuchstaben der Titel: *Tayebs Geschichte.*

„Hier ist mein Manuskript!"

François und Cécile beäugten den Gegenstand misstrauisch.

„Nur zu, nehmen Sie und lesen Sie! Das ist Ihr Exemplar, ich habe zuhause eine Durchschrift. Ich habe jedoch nur ein Exemplar für Sie: Streiten Sie nicht darum, wer als *Erster* ... Oder vielleicht kann einer von Ihnen dem anderen vorlesen, wie es sogenannte ... wie sagt man noch? Symbiotische? Paare so tun."

„Monsieur Abarro, ich bin gerührt über das Interesse, das Sie der Funktionsweise unserer Ehe entgegenbringen."

Mansour erhob sich.

„Ich wünsche eine gute Lektüre! Und vergessen Sie nicht, mir zu sagen, was Sie davon halten!"

ZWEITER TEIL

TAYEBS GESCHICHTE

1.

Zu Anfang des vorigen Jahrhunderts, um das Jahr 1900, kam der *Hadj* Fatmi mit Frau, Kindern, Sklaven und Bediensteten aus Fes und kaufte einen *Riad* in Marrakesch, in der *Rue du Hammam*. Nach einigen Monaten der Vorbereitung, als sein ganzer Haushalt in der neuen Behausung heimisch geworden war, reiste er alleine in den Süden Marokkos nach Agadir und verbrachte dort ein Jahr, um ein noch nie da gewesenes Abenteuer zu wagen. Er hatte die geniale oder absurde Idee, eine Reihe von Warenlagern zu schaffen zwischen Fes und N'Dar, einer weit entfernten Stadt, die die Franzosen Saint-Louis-du-Sénégal nannten; Lagerhallen, die den ununterbrochenen Warenfluss zwischen den Ländern der Schwarzen und denen der Mauren sichern konnten und ihm großen Profit einbringen sollten. Vielleicht konnte er sogar mit dem Export nach Europa beginnen (man nannte es „die Außenwelt") und zwar über den Hafen von Tanger, im Norden.

Hadj Fatmi hat man sich ernsthaft vorzustellen, ein wenig langsam, mit einem strengen und dennoch schwermütigen Gesicht. Er war nicht groß, aber imposant. Natürlich trug er einen Bart, dicht und sorgfältig gestutzt, wie ein Notar oder Gelehrter. Er war noch keine dreißig, aber man hielt ihn für älter. Seine dunklen ruhigen Augen hatten etwas Nächtliches an sich. Sie richteten sich auf die Person, mit der er sprach, und wichen nicht mehr aus.

Warum hatte sich dieser ranghohe Fassi, der erst seit kurzem in Marrakesch lebte, voller Vertrauen in den Berbergebieten niedergelassen? Der junge *Hadj*, der gemeinsam mit seinem Vater auf die Pilgerfahrt gegangen war, hatte sich eine Anekdote gemerkt, die ihm dieser erzählt hatte: Moulay Slimane – einer der kultiviertesten Sultane der Alawitendynastie – war viel herumgereist und hatte 1822 ein Gespräch mit hochgestellten Berbern gehabt, die seiner Politik entschieden entgegentraten; er war zu folgender Erkenntnis gekommen: Die Berber waren nicht jene Wilden, als die sie ihm seine eigene Verwaltung darstellte. Er begriff, dass es in Wirklichkeit seine eigenen Gewährsleute waren, die durch ihre Übergriffe Unordnung und Unsicherheit schürten, und erkannte zugleich die Unerschütterlichkeit der Gebräuche der Berber. Daher machte er es sich zur Aufgabe, die öffentliche Meinung mittels eines offiziellen Briefes aufzuklären. Er wandte sich an die Bewohner der damaligen Hauptstadt Fes und verkündete: „Bewohner von Fes, mein Glaube an Gott verpflichtet mich, euch folgenden Rat zu geben: Verbündet euch mit den Berbern, wenn ihr Frieden und Sicherheit wollt. Sie haben Traditionen und Ehrgefühl, beides sind starke Waffen gegen jedes Unrecht."

Folgenden unschuldigen Satz hatte er hinzugefügt:

„Zudem führen sie ein mäßiges Leben …"

Das waren gute Gründe, Handel mit den Soussi, jenen Berbern des Südens, zu treiben.

Als Fatmi in der Hauptstadt des Sous eintraf, waren die Waren noch imaginär. Zuerst musste ein passendes Gebäude gesucht und zum Lager umgebaut werden; danach mussten Geschäftspartner gefunden, Mitarbeiter eingestellt, Routen markiert werden …

Der *Hadj* ging ganz in seinen Geschäften auf, jedoch nach kurzer Zeit überkam ihn eine Art Traurigkeit, die ihn öfter seufzen ließ, als es die Frömmigkeit gebietet. Er war in Sorge, denn er hatte den Eindruck, sichtbar abzumagern. Es kam vor, dass er erschreckt seinen Bauch abtastete: Er nahm ab, man konnte es fühlen. Er hatte sich in einer Art Herberge eingemietet, in die nur dürre Pilger einkehrten und wo nur Katzen sich länger aufhielten, die Nahrung war karg – immerhin hatte er etwas zu essen. Im Vergleich zu dem, was Lalla Ghita, seine in Marrakesch verbliebene Ehefrau, ihm auftischte, war es die reinste Armut. Nach und nach wurden die Tage länger, die Zeit schien immer langsamer voranzugehen. Abends nach dem Essen setzte er sich auf die Schwelle der Pension und schaute angewidert den Katzen zu, die ihn misstrauisch beäugten. Manchmal kam einer seiner Geschäftskollegen vorbei und wunderte sich, ihn dort in einer Konferenz mit wortkargen Vierbeinern zu sehen. Beide Männer begrüßten sich mit einem Schwall von Segnungen und Komplimenten, doch der *Hadj* spürte genau, dass sie ihn leicht verachteten, weil er wie ein Mensch ohne Familie lebte.

Eines Tages, als er gerade an einem kleinen Verkaufsstand vorbeiging, sah er ein junges in einen *Haïk* gehülltes Mädchen heraustreten. Etwas in ihm kam in Bewegung. Er betrat den Laden und machte Bekanntschaft mit dem Besitzer. Der Schatten unter dem *Haïk* kehrte zurück. Es stellte sich heraus, dass sie die Tochter des Ladenbesitzers war, sie war im heiratsfähigen Alter, sagte kein Wort und senkte den Blick. Fatmi kam mehrmals ohne wirklichen Bedarf dorthin zurück, um kleine Einkäufe zu machen; der kleine Händler wusste, was lief. Die beiden Männer nahmen sich Zeit und sprachen über das Wetter, die Angelegenheiten dieser Welt und des Jenseits. Sie waren sich einig, dass der *Hadj* nicht im Ernst das Leben eines heimatlosen Mannes ohne heimischen Herd führen sollte. Folglich heiratete er die Tochter des Kleinhändlers – man begnügte sich damit, die *Fatiha*, die erste Sure des Korans, zu lesen und die Sache war geregelt. Zusammen mit ihr bezog er ein kleines Haus.

Nach einigen Monaten hatte der *Hadj* einen Großteil seines

Kapitals ausgegeben und ihm fiel auf, dass sein Abenteuer zu nichts führen würde. Agadir war nicht der ideale Ort, um ein Handelshaus aufzubauen – auch wenn der Name der Stadt im lokalen Dialekt so etwas bedeutet wie „Kornlager". Fatmi war enttäuscht über sein Vorhaben und hatte beschlossen, endgültig nach Marrakesch zurückzukehren; jedoch es gab ein Dilemma. Natürlich konnte er mit seiner jungen, brav hinter ihm her trottenden Berber-Ehefrau im Gefolge zurückkehren. Die hiesigen Männer wiederholen schließlich immer wieder: „Die *Scharia* erlaubt uns vier!" Doch er wollte sich nicht den Zorn von Lalla Ghita zuziehen, die aus guter Familie kam und die er sehr liebte. Sie hatte die Augen verschlossen vor dieser fernen Ehe, über die sie Gerüchte gehört hatte, doch es kam nicht infrage, eine Rivalin unter ihr Dach zu bringen.

Was tun?

Er konnte die junge Frau, die ihm kein Kind geschenkt hatte, verstoßen und wegziehen. Doch Fatmi, der ein gutes Herz hatte, widerstrebte eine solch radikale Maßnahme. Er ging also zu seinem Schwiegervater und bot ihm eine gewisse Summe Geld an, wenn er einwilligen würde, seine Tochter wieder in seinem Haus aufzunehmen. Alles würde ordentlich nach den Regeln vonstattengehen. Auch der Kleinhändler wusste genau, dass der *Hadj* Fatmi seine Frau mit einem einzigen Wort verstoßen und das Weite aufsuchen könnte. Er begriff mühelos, dass sein Schwiegersohn ihm einen Vorschlag machte, den er nicht ablehnen konnte, und dass er in gewisser Weise diesem Mann verpflichtet war, der um einen Gefallen zu bitten schien. Er schluckte seinen natürlichen Stolz als Soussi hinunter, blickte zum Himmel und seufzte:

„Ma cha'Allah!"

Die beiden Männer hatten so ihre Verantwortung auf Gott abgeladen und schwiegen einen Augenblick. Dann stand

Hadj Fatmi auf und verabschiedete sich; er hinterließ eine fette Geldbörse auf dem kleinen Tisch, auf dem der Tee erkaltete.

Am selben Abend kehrte die junge Frau in das Haus ihres Vaters zurück; der Mann, der nicht mehr ihr Gatte war, begleitete sie bis zur Haustür. Sobald sich die Tür finster knirschend öffnete, verschwand er. Der Vater trat zur Seite, um seine Tochter eintreten zu lassen, dann schloss er sorgfältig ab. Sie hatten kein Wort gewechselt. In der Zwischenzeit hatte man eine kleine Matratze in der Kammer hinzugefügt, wo alle Brüder und Schwestern schliefen. Das Leben ging weiter, als sei die Episode mit dem Mann aus Marrakesch ein Traum gewesen.

2.

Hadj Fatmi war zurück in Marrakesch und reiste wieder unaufhörlich hin und her zwischen der Stadt des Pascha Glaoui und seiner Heimatstadt Fes. Zwar beschäftigten ihn seine Geschäfte, dennoch verfolgte er den Verlauf der Geschichte. Die Ereignisse überschlugen sich.

Er war der Vetter des Ministers für Ausgaben des marokkanischen Reiches und begleitete ihn auf dessen Drängen zur Konferenz von Algesiras, die im Jahr 1906 der christlichen Zeitrechnung stattfand. Er war nicht bei den eigentlichen Verhandlungen im Hotel Reina Cristina auf den Höhen der Stadt dabei. Da er lange Mußestunden hatte, gewöhnte er sich an, in einen benachbarten Park mit Akazienbäumen zu gehen und seinen Vertrauten, die seine Geschäfte während seiner Abwesenheit führten, lange Briefe zu schreiben; doch er nahm an allen Besprechungen der marokkanischen Delegation teil. Manches Mal erklommen die Herren in kleinen Schritten einen der Hügel über der Stadt Algesiras. Von dort konnten sie am Horizont die dunkle Masse Afrikas sehen, zugleich nah und fern; sie wirkte wie eine uneinnehmbare Festung. Wenn sich Nebel über der Meerenge ausbreitete, sah man nur noch eine zerfetzte Linie der Hügelkette, die in der Ferne die Präsenz eines anderen Kontinents signalisierte, des ihren.

„Nun also, Si Ahmed?"

„Nun also, Si Mohammed?"

Fatmi spitzt die Ohren. Die Vertreter Marokkos verstummen schweren Herzens. Die Zukunft sieht nicht gut aus. Gestern hat sie der Vertreter Belgiens – oder war es der Pole? – darauf hingewiesen, während er an seiner Zigarre zog und in der Ferne auf ein armseliges Boot deutete, das grausam von den Wellen hin und her geschüttelt wurde, dass sie, die Marokkaner, die einzigen Afrikaner waren „die ihr Boot selber steuerten". Er lachte, zufrieden über sein Bonmot. Dieses Bild ist ihnen im Gedächtnis haften geblieben. War es ein Kompliment? Eine Drohung?

Auf jeden Fall stimmt es. Zu Anfang dieses Jahrhunderts, ist ihr Land unter der Herrschaft von Moulay Abdelaziz eines der wenigen in Afrika, die unabhängig sind, die weder London noch Paris noch Berlin oder Istanbul unterworfen sind. Doch alle wissen, das Ende ist nahe. Seit mehreren Jahren wird die Lage immer schlimmer.

Als Moulay al-Hassan, der letzte der großen feudalen Sultane 1894 starb, ließ der Wesir Ba Ahmed Moulay Abdelaziz zum Herrscher ausrufen, der damals erst vierzehn Jahre alt und im Übrigen nicht der älteste Sohn war. Als Ba Ahmed im Jahr 1900 starb, bemächtigte sich der junge Sultan der Güter des Großwesir – so will es der Brauch – und begann, maßlos Geld zu verprassen. Die ausländischen Kaufleute witterten

Morgenluft und kamen in Scharen. Erstaunliche Szenen spielten sich in den ehrwürdigen Palästen der Alawiten ab: Der Sultan fuhr in den Innenhöfen Fahrrad, er begeisterte sich für Fotografie, er kaufte Autos, die ersten im Lande. Die Kassen leerten sich. Das spielte keine Rolle! Man konnte ja Kredite aufnehmen, neue Steuern erheben, Schulden nicht bezahlen ... Schließlich bin ich der *Makhzen*!

Regelmäßig überfiel Dürre das Land, die Soldaten desertierten und kehrten zu ihren Stämmen zurück, wenn sie nicht als Banditen herumzogen, die Unsicherheit stieg.

„Nun also, Si Ahmed?"

„Nun also, Si Mohammed?"

„Was ist aus dem Banditen Sowieso geworden?"

„Wir haben ihn in einen Käfig gesteckt ..."

Marokko zerfällt. Marokko? Dem Korrespondenten der *Times* aus London zufolge ist es nur noch ein „großer Bluff".

Dann sind da noch die Mächte, die Fremden, die ungeduldig mit ihren Vorderhufen an den Grenzen scharren, Grenzen, die nicht mehr wirklich existieren; an den *Rändern*, wie es die Chronik beschreibt.

Mit welchem Recht maßen sich Menschen an, in ein Territorium vorzudringen, das nicht das ihre ist? Vielleicht fragen sich die Mitglieder der marokkanischen Delegation das, wenn sie die graue Linie des Rif betrachten. Ihr Land ist zu einem *Fondouk* geworden, dass jeder betritt, wie er will. Am 31. März des Vorjahres ist Kaiser Wilhelm II. in Tanger aufgetaucht, um „die Rechte des Sultans zu unterstützen". Davor hatte Roosevelt ein Geschwader in den Hafen von Tanger geschickt. Es stimmt, dass das einen anderen Grund hatte: Der amerikanische Konsul Perdicaris und sein Schwiegersohn waren vom berüchtigten Raïssouni entführt worden – einem Häuptling der Idrissiden und Banditen –, der ein Lösegeld von siebzigtausend Pfund Sterling verlangte sowie … seine Ernennung zum Gouverneur der Stämme im Nordwesten.

Die Nacht bricht an. Es wird Zeit, zum Abendessen ins Hotel Reina Cristina zurückzukehren.

Hadj Fatmi begnügt sich mit einer leichten Suppe.

Die Konferenz von Algesiras war nur ein Moment des weltweiten Tauschgeschäfts, das sich seit Jahren vorbereitete.

Guten Appetit, meine Herren!

Frankreich hat begriffen, dass die Eroberung Marokkos den Mächten nicht aufgezwungen werden kann, es geht um Tauschgeschäfte. Deutschland soll einen Teil der kongolesischen Territorien Frankreichs von 1911 erhalten. Seit dem französisch-englischen Abkommen von 1904 hat England freie Hand in Ägypten; seit 1902 gilt das gleiche für Italien in Tripolitanien. *Freie Hand* … Das ist die offizielle Formulierung. Sie erinnert an die Aufteilung einer Beute.

Fatmi hat eine Erleuchtung, er hält sich an dem Tisch fest, auf dem sein Teller Suppe erkaltet. Auf absurde Weise kommt ihm ein Koranvers in den Sinn.

„Sie fragen dich nach der Beute. Sag: Die Beute gehört Allah und dem Gesandten."

Es ist die Sure Al-Anfal, genannt „die Beute" oder „die Habschaften". Hätte der Prophet sich vorstellen können, dass ein islamisches Land eines Tages zur Habschaft und Beute wird?

Frankreich bekommt Marokko, doch England hat eine Bedingung gestellt: Der Norden des Landes wird zu Spanien gehören. Zudem wird London ein paar Privilegien im scherifianischen Reich genießen.

Tanger bleibt eine internationale Stadt, bis man sich über sein Schicksal einig wird. Die Habschaften ...

Die Bank von Marokko wird unter die Kontrolle der *Banque de Paris et des Pays Bas* gestellt. Geld, immer wieder Geld … So haben sie das von Idris tausend Jahre vorher gegründete Reich in die Knie gezwungen.

Mit welchem Recht maßen sich Menschen an, in ein Territorium vorzudringen, das nicht das ihre ist?

3.

In jenem Jahr 1912 ist der *Hadj* zweiundvierzig Jahre alt, er ist ein Mann im besten Alter, in seiner Wahlheimat verwurzelt, in sein gut geregeltes Leben fest eingebunden.

Doch all das ist nur eine Illusion, ein Schein. Die Geschichte wird diese Streben und Balken hinwegfegen wie Strohhalme.

An jenem Tag tritt *Hadj* Fatmi aus seinem antiken *Riad,* sperrt die Tür doppelt ab – Frauen und Kinder werden bis zu seiner Rückkehr dort eingesperrt bleiben – und geht mit genau bemessenen kleinen Schritten in Richtung *Souk.* Unterwegs denkt er nach und bemerkt kaum die Zeichen von Respekt von Seiten der Männer, denen er begegnet, oder der Händler, die ihn an ihren Verkaufsständen vorbeigehen sehen. Manchmal rezitiert er mit leiser Stimme ein paar Verse aus der Heiligen Schrift. Schließlich ist er der Nachkomme einer langen Reihe von Gelehrten, er gehört einer religiösen Bruderschaft an, die sich regelmäßig zu *Dhkir*-Sitzungen trifft. Abends konsultiert er in dem kleinen Hinterzimmer, das er als Büro benutzt, Ehrfurcht gebietende Ausgaben des Koran. Händler und Gelehrter, da gibt es keinen Widerspruch. Schließlich hat der Prophet gesagt: *„Der aufrechte und vertrauenswürdige Händler wird unter den Propheten, den Gerechten und den Märtyrern sein."*

Der Islam ehrt diesen Beruf und sichert seine Verbreitung

durch Unternehmen in den Ländern der Ungläubigen, vor allem in Afrika.

Der Druck der Christen an den Grenzen des Landes beunruhigt den *Hadj*, mehr noch, er stürzt ihn in tiefe Verwirrung. Seit der Konferenz von Algesiras, seit seinem wehmütigen Aufenthalt im Hotel Reina Cristina, quälen ihn die Fragen immer wieder. Sind wir nicht im *Dar el-Islam*, im Haus des Islam, auf befriedetem Boden? Somit sind die Gegenden, aus denen die Ungläubigen stammen, Spanien, Frankreich, England, diese Länder also sind die *Dar el-Harb*, die Welten des Krieges, zu erobernde Ländereien und zu bekehrende Völker. Es sind dennoch unsere Reiter, die gespornt und kampfbereit sind und die den Säbel hoch über dem Kopf schwingen; sie sollten auf ihre Lager oder ihre Festungen zu galoppieren, unwiderstehlich, unverwundbar, unbesiegbar.

Der fesselnde Rhythmus der hundertsten Sure hallt in seinem Kopf wider. Seine Lippen zittern, bilden die Worte … *Oua-l- 'aadiyaati dhabha …*

Bei den schnaubend heranrennenden,
Die mit Hufeisen Funken schlagen,
Und am Morgen anstürmen
Und dabei Staub aufwirbeln
Und so in die Mitte des Feindes einbrechen …

Aber nein! Heute sind es *deren* Rennende, die um unsere Lager mit den Hufen stampfen, sie sind es, die bald in unsere Mitte eindringen.

Die Welt steht auf dem Kopf.

Vielleicht sind es die *Zeichen der Stunde.*

Die Apokalypse naht.

Hadj Fatmi denkt an seine Kinder. Mohammed, der um die Jahrhundertwende zur Welt kam, Aïcha, und der jüngste, Aziz, der vor einigen Monaten geboren wurde. Welches Schicksal ist ihnen bestimmt, welches Leben werden sie haben, in diesen Zeiten großer Unsicherheit?

Und dann ist da noch Tayeb … Eines Tages kam ein Bote in die *Rue du Hammam*, er ritt auf einem Maulesel, in einem Korb trug er einen in Decken eingewickelten Säugling. Als Fatmi überrascht an die Tür gekommen war, hatten einige Sätze des Boten genügt: Der Säugling war sein Sohn, seine Berber-Ehefrau in Agadir, von der niemand gewusst hatte, dass sie zum Zeitpunkt der Verstoßung schwanger war, war im Kindbett gestorben und ihr Vater hatte entschieden, es sei besser, das Kind nach einigen Monaten bei einer Amme zu seinem reichen Erzeuger zu schicken. Dort würde es zumindest ein Leben im Wohlstand haben. Fatmis Ehefrau Ghita war erfreut über dieses Geschenk des Himmels und hatte Tayeb wie den eigenen Sohn aufgezogen. Sie hatte ihm seinen Vornamen gegeben.

Armer *Hadj* Fatmi! Wenn er nur wüsste … Massouda, die kleine schwarze Sklavin, die er manchmal mit amüsierter Zuneigung betrachtet und die er meistens gar nicht sieht, so nehmen ihn seine Sorgen ein, die kleine Sklavin, die in die Zukunft sehen kann – aber das weiß niemand –, sie hätte ihm zuflüstern können, dass er sich nicht um Mohammed sorgen muss, der die Nachkommenschaft mit Zwillingen sichern wird, alle beide kräftig und mit einer erfolgreichen Zukunft, wie es die Sterblichen nennen – doch die in der ewigen Zukunft schweben, wissen, dass das nicht viel heißen muss –, und dass die Kinder der Zwillinge am Ende dieses Jahrhunderts das Gesicht dieses Landes bilden werden, ein so vertrautes und zugleich so anderes Gesicht, dass *Hadj* Fatmi darüber bass erstaunt wäre. Sie könnte ihm sagen, dass er sich auch nicht um die kleine Aïcha sorgen muss, die ihr Leben als Frau meistern wird, frühe Heirat, Herrin über ihren kleinen Haushalt und voll Gelassenheit sterben wird in der Gewissheit, dass es keinen anderen möglichen Lebensentwurf gegeben haben könnte. Leider hätte sie ihm auch enthüllen müssen, dass der schöne Aziz an einem Übel zu Grunde gehen würde, das jahrhundertelang Verwüstungen anrichtete, *Terror verbreitete* und das die Marokkaner nur mit verdoppelter Frömmigkeit zu bekämpfen wussten. Und vor allem, wie hätte sie ohne ein Zittern in der Stimme von Tayeb sprechen können, ihrem Liebling, dem Sohn der Berberfrau, aber auch des Araber aus Fes und ihrer selbst, der Afrikanerin – Tayeb mit den drei Müttern, der von diesem Jahrhundert der Gewalt hin und her geworfen werden würde, Tayeb, mit dem sie ein Schwur verband, der sie daran hinderte, die Welt des Scheins zu verlassen … Sie hätte nicht weitersprechen können, die Tränen hätten ihre Sicht verschleiert. Die kleine Sklavin weint oft, still, heimlich. Die Weltseele, die ihr bröckchenweise enthüllt, was geschehen wird, lässt sie oft in Weltschmerz versinken, so traurig sind die Leiden des Menschen.

Zumindest hätte sie ihrem Herrn einen Teil dieser Informationen ins Ohr flüstern können. Es wäre vergebene Liebesmühe gewesen. Er hätte sie nicht zu Ende sprechen lassen, hätte ein paar Worte gebrummt, *Vorahnungen* oder *schlechter Traum* und hätte seine Glieder gestreckt und mit lauter Stimme die rituelle Anrufung ausgesprochen: „*Il'an a-chaytan!* Verflucht sei der Teufel!" Deshalb schweigt sie. Das Unausweichliche soll sich vollziehen.

Mektoub!

Ihren Herrn liebt sie so sehr, wie sie ihn fürchtet. Dieses gemischte Gefühl löst auch der Sultan bei seinen Untertanen aus, es heißt *Hiba,* und ist das, was dieses Land mental am stärksten durchdringt.

Manchmal, wenn er guter Laune ist, ruft *Hadj* Fatmi:

„Mein Kind, morgen bei Tagesanbruch komm' zu mir ans Bett. Bleib dort stehen und sag' kein Wort! Du sollst das Erste sein, das ich sehe, wenn ich die Augen aufschlage. Ein Tag, der mit dem Anblick deines lieben Antlitzes beginnt, kann kein verlorener Tag sein."

Lalla Ghita, die Herrin von Massouda, lächelt über diesen abgehalfterten Scherz. Wenn die kleine Sklavin in ihrer Nähe ist, streckt Lalla Ghita die Hand aus und zwickt sie kräftig, damit sie nicht vergisst, was ihr Rang ist. Die junge Frau senkt den Kopf, furchtbar geschmeichelt, auch wenn gleichzeitig der Schmerz ihr Tränen in die Augen schießen lässt. Lalla Ghita tut so, als schimpfe sie ihren Mann aus.

„Aber, El Hadj, Massouda ist schwarz wie eine Olive, wie könnte sie da deinen Tag erhellen?"

Und er antwortet jedes Mal: „Sie ist schwarz, aber ihr Herz ist aus Gold und ihre Seele ist rein."

An diesem Tag also tritt er aus seinem antiken Haus, schließt die Tür ab und geht jetzt in Richtung *Souk.*

Nach und nach übermannt ihn ein ungutes Gefühl. Dieser Tag ist anders als alle anderen, er spürt es, doch er weiß nicht warum. Natürlich weiß er, dass das Land in ernsthaften Schwierigkeiten steckt, er weiß, dass Anarchie droht, dass Rebellenstämme um Fes herum lagern, dass Frankreich und Spanien jeden Tag drohender auftreten. Aber Marrakesch ist unverletzlich, es ist eine mystische Stadt unter dem Schutz Gottes.

Im *Souk* herrscht ungewohnte Aufregung. Es ist, als hätten sich die Männer, ergriffen von einem wichtigeren Streit als ihren täglichen Geschäften, zu einem einzigen, von Fieber geschüttelten Körper zusammengetan.

An einer Gassenecke sieht er *sie*. Versteinert bleibt er stehen.

Es sind einige Männer in Uniform, ihre Gesichter sind blass und ihre Blicke blau und siegessicher. Es sind Franzosen, Christen. Christen auf islamischer Erde! Natürlich, seit Algesiras war das zu erwarten. Doch sie hier in *seiner* Stadt zu sehen!

Der *Hadj* ist erstarrt. Soll er nach vorne gehen? Soll er zurückweichen? Er blinzelt, murmelt mechanisch ein paar Koranverse, doch er bewegt sich nicht. Am Ende der Gasse erscheinen ein paar Reiter, sie scheinen sich gegenseitig auf diesem engen Raum zu behindern. Gemächlich kommen sie auf ihn zu.

„Orsini, was ist mit diesem alten Knacker mitten auf der Straße? Sie sprechen doch ihre Sprache, oder? Machen Sie, dass er wegkommt!"

Der Orsini Genannte schreit:

„Balek! Balek!"

Hadj Fatmi bewegt sich nicht.

„Balek! Balek!"

Jetzt befinden sich die Reiter auf seiner Höhe. Sie versuchen an ihm vorbeizukommen, doch die Gasse ist zu eng. Der Brustkorb des Pferdes, auf dem Orsini sitzt, stößt gegen seine Schulter und bringt ihn aus dem Gleichgewicht. *Hadj* Fatmi versucht, sich an etwas festzuhalten, doch seine Hände greifen ins Leere, und er fällt in den Staub, ohne Anmut, wie ein Sack Kleie von einem Karren. Über ihm erspäht er Waden und Hufe, die ihm so gut wie möglich ausweichen und manchmal auf ihm landen. Eine Schnittwunde erscheint auf seinem rechten Wangenknochen, ein paar Tropfen Blut sickern hervor. Er glaubt Lachen zu hören, das seltsam klingt, wie verzerrt von der unerhörten Verlängerung der Zeit, von der Verzerrung des Raums – vielleicht ist es, weil sie in Bewegung sind und er unten am Boden liegt. Eine Sekunde später ist der kleine Trupp verschwunden.

Der Mann bleibt ein paar Augenblicke mitten auf der Gasse liegen. Sein Herz schlägt wild, sein Atem geht stockend, Schweiß läuft über seinen Rücken. Dann steht er auf, starr wie ein Automat, mit geweiteten Augen, und geht mechanisch zu seinem *Riad* zurück. Er hat nichts gekauft, er hat sogar vergessen, warum er ausgegangen ist. Er kommt mit leeren Händen zurück, doch er merkt es nicht, so groß ist seine Not. Eine Träne hängt an seinem linken Auge.

Mit rauer Stimme befiehlt er Massouda:

„Schließ die Tür hinter mir ab!"

Er durchquert den kleinen Hof, ohne den Pomeranzenbaum zu sehen, und geht in das kleine Hinterzimmer.

Den ganzen Tag wird er auf seinem Gebetsteppich sitzen, unbeweglich, wie erstarrt. Mit einer Geste wird er das Essen abwehren, das ihm Lalla Ghita durch Massouda schickt. Gegen Abend wird er sich als Zeichen der Trauer ganz in weiß kleiden. Das Blut verunziert noch seinen Wangenknochen, doch er wischt es nicht ab: Es soll Zeugnis von dieser Gotteslästerung ablegen. Seine Finger gleiten über die Kugeln seiner Gebetskette. Er murmelt: *„Ya latif! Ya latif!"*

Tayeb, der ängstlich in der Türöffnung erschienen ist, gebietet er, ihm einen Koran aus dem Regal zu reichen. Tayeb reicht ihm die Heilige Schrift und macht sich aus dem Staub. Der Vater drückt die Lippen auf den Umschlag des Buches, führt es an seine Stirn und legt es wieder auf den Teppich. Er schließt die Augen und vergräbt sich im Gebet. Das ganze Haus ist in Schweigen gehüllt.

Hadj Fatmi murmelt mit zitternder Stimme ein paar Worte.

Nur Massouda, die unsichtbar in einer Ecke des Zimmers verborgen ist, hört sie mit versteinerten Herzen.

Ouqsimou yamînan' ... ich schwöre ...

Er hat ein feierliches Gelübde vor Gott abgelegt, einen Schwur, aus dem man sich nicht lösen kann: Er wird nicht mehr aus seinem Heim heraustreten, solange die Ungläubigen die Straßen seiner Stadt, den Boden seines Landes besetzen.

Zumindest ist er sicher, dass ihre Füße niemals diesen seinen *Riad* beschmutzen werden.

Er weiß, sie sind am Grund und Boden interessiert, nicht an den Häusern.

So war es im Jahr 1912.

Hadj Fatmi hat Wort gehalten. Er ist in dem Jahr gestorben, in dem seine Enkel das Licht der Welt erblickten. Er hatte keine Zeit, sie kennenzulernen, sie aufwachsen zu sehen, ihnen die Koranverse beizubringen. Den Rest seines Lebens verbrachte er mit Gebeten, in entgeisterter Stille, unterbrochen von heftigen Vorträgen, wenn er die Ereignisse mit einem Besucher diskutierte. Mit seinen Söhnen hatte er nie mehr gesprochen, sobald sie im Alter der Vernunft waren, ließ er sie tun, was sie wollten. Als Tayeb eines Tages darauf bestand, von seinem Vater einen Rat zu bekommen, antwortete der:

„Unsere Generation hat nicht verteidigen können, was unsere Vorfahren erobert, erbaut oder bewahrt haben. Wir haben nichts mehr zu sagen."

4.

Tayeb erhob sich bei Tagesanbruch, trat aus dem *Riad,* ohne irgendjemanden zu wecken, und legte einem Maulesel die Zügel an. Er hatte die ganze Nacht kein Auge zugetan. Am

Vorabend hatte einer seiner entfernten Vettern, den er im *Souk* getroffen hatte, von Ländereien gesprochen, die ihrer Familie gehörten, aber auf denen sich die Christen niederlassen wollten. Er hatte ihm genau beschrieben, wo sich diese Ländereien befanden.

Der Jugendliche ritt während einer guten halben Stunde in die aufgehende Sonne. Dann machte er seinen Maulesel an einem Gesträuch fest und ging den Rest des Weges zu Fuß.

Als Erstes sah er eine Umzäunung. Er erinnerte sich nicht, jemals so etwas gesehen zu haben. In die Erde gerammte Pflöcke, in regelmäßigen Abständen, an denen drei parallele Eisendrähte verliefen. Erstaunt und beunruhigt fasste er an den obersten der Drähte. Der Kontakt war kalt und unangenehm. *Kurz gesagt, fremd.* In der Ferne hörte er einen Hund bellen.

Einige Minuten lang ging er an der Umzäunung entlang. Dann kniete er nieder, schob die Hand unter die Drähte und berührte mit den Fingerspitzen den Boden. Er wurde mutiger, formte mit den Händen eine Art Schaufel, grub sie in den Boden und zog eine kleine Scholle Erde auf seine Seite der Umzäunung. Er roch daran, knetete sie ein wenig und zerkrümelte sie dann an seinen Füßen.

Dicke Tränen rannen ihm über die Wangen. Tayeb hatte seit der frühen Kindheit nicht mehr geweint. Er schämte sich seiner Tränen. Sein Kummer verwandelte sich in stumme Wut. Seinen Maulesel fand er an dem Gesträuch wieder. Er stieg auf und ritt gedankenverloren, niedergeschlagen zurück.

Die aufgehende Sonne begann, die Erde zu wärmen.

Diese Erde, die seiner Familie nicht mehr gehörte.

5.

Massouda sitzt in einer Ecke des Raums mit gesenktem Blick, darauf bedacht, nicht aufzufallen, und hält den Atem an. Die beiden Männer, die hereingekommen sind, als sie ein kleines Stück gelber Mauer reinigte, scheinen sie nicht gesehen zu haben – so wird es ihr ganzes Leben lang sein, sie wird diese Fähigkeit behalten, zu erscheinen und zu verschwinden wie ein *Djinn*, man wird auf sie blicken, ohne sie zu sehen, oder man wird glauben, sie zu sehen, wenn sie nicht mehr da ist. *Hadj* Fatmi und sein Nachbar Si Debbagh führen eine heftige Diskussion. Debbagh hat Massoudas Herrn immer viel Respekt entgegengebracht, da er reicher und älter ist, aber heute spricht er auf Augenhöhe mit ihm.

Hadj Fatmi scheint aus seiner Starre erwacht zu sein und predigt den Widerstand. Unmittelbar nach der Unterzeichnung des Protektoratsvertrags flammen im Land Herde des Aufstandes auf. Im April hat sich Fes erhoben. Der Aufstand erstreckt sich auf die ganze Region. Im Süden des Landes führt Ahmed El Hiba, der Sohn des großen saharischen Kalifen Ma El Aïnine, mehrere Stämme zusammen. Doch im Norden von Marrakesch, wenige Kilometer von diesem *Riad*, in dem sich die beiden Männer unterhalten, erringt die französische Armee unter der Führung von General Mangin einen niederschmetternden Sieg gegen die Partisanen von El Hiba, die zersprengt werden und sich in Richtung Sous zurückziehen. Wir sind im September 1912. Im Verlauf der ersten sechs Monate des Protektorats wurden die Franzosen vom Ausmaß der marokkanischen Reaktion überrascht.

„Was haben sie denn geglaubt?“, knurrt *Hadj* Fatmi. „Haben die uns für Schafe gehalten? Wir werden uns widersetzen und sie nach Hause zurückjagen.“

Sein Freund Debbagh zuckt die Achseln.

„Und danach? Müssen wir wieder in unseren Tiefschlaf verfallen?“

Der andere zuckt zusammen, empört über den Ausdruck.

„Tiefschlaf? Wir leben nach dem Gesetz Gottes und wir bewahren die Traditionen unserer Vorfahren. Das nennst du schlafen?“

„Die Zeiten ändern sich, doch wir bewegen uns nicht.“

„Gottes Gesetz ist unabänderlich.“

„Sicher, aber die Welt ist das nicht. Nur mit dem Koran werden wir unsere Ehre nicht verteidigen können …“

„Das ist Gotteslästerung!“

„Wir werden auch mit den Säbeln unserer Vorfahren die Größe unseres Landes nicht wiederherstellen können. Wir brauchen Straßen, Häfen, Fabriken.“

„Warum glaubst du, dass die Christen hier Straßen, Häfen und Fabriken bauen werden?“

„Sie haben es überall getan, wo sie sich niedergelassen haben.“

„Ach ja? Und wenn sie das alles gebaut haben werden, müssen wir sie nur noch bitten, nach Hause zu gehen? Und natürlich sollen sie alles dalassen, wenn sie abziehen …“

Debbagh nickt.

„Warum nicht? Das sehen wir später. Doch das ist nicht das Wichtigste. Das Wichtigste ist, dass es hier vorangeht.“

Er berührt seine Stirn mit dem Zeigefinger. Der andere sieht ihn an, ohne zu verstehen. Debbagh seufzt.

„Ich sage es dir noch einmal: Die Welt verändert sich. Wir können sie mit unserer ewig gestrigen Mentalität nicht mehr verstehen. Um sie zu verstehen, muss man Hand anlegen. Wir müssen hier bei uns sehen, wie ein moderner Hafen funktioniert. Wir müssen mit eigenen Händen in den Fabriken arbeiten. Wir müssen diese ... wie heißen sie noch? Diese *Automobile* selber fahren."

„Aber warum? Wir haben tausend Jahre ohne das alles gelebt! Warum sollten wir die Christen nachahmen?"

Debbagh beugt sich lächelnd zu ihm.

„Du vergisst, dass sie es sind, die uns nachgeahmt haben, bereits vor sechs Jahrhunderten. Es waren sie, die die Wissenschaft dort geholt haben, wo sie war: Bei uns in Andalusien. Bei uns! Hast du nicht noch den Schlüssel des Hauses deiner Vorfahren in Cordoba? Sie haben unser Wissen kopiert. Das hat ihnen ermöglicht voranzukommen, als wir eingedöst sind. Und heute siehst du das Ergebnis: Sie sind hier in Marrakesch mit ihren modernen Waffen. Nicht wir belagern Paris oder Madrid: Sie sind es, die uns belagern. Sollten wir daraus keine Lehre ziehen?"

Tayeb ist gerade eingetreten und setzt sich in eine Ecke. Debbagh lächelt ihn an.

Der Jugendliche wird sich kein Wort der weiteren Diskussion entgehen lassen.

Massouda macht sich davon, ohne dass jemand sie bemerkt hätte.

6.

Tayeb kann Arabisch lesen und schreiben. Jetzt lernt er Französisch. Er liest alles, was ihm in die Hände fällt. Er versteht nicht alles, doch er begreift den allgemeinen Sinn dessen, was seine Augen verschlingen. Satzfetzen bleiben in seinem Gedächtnis hängen, sie fügen sich mit anderen Fetzen zusammen, mit Ortsnamen, Personennamen, kommerziellen Logos. Er versäumt keine einzige der Diskussionen, die im Hinterzimmer stattfinden, wo er jetzt öfter einschläft. Es ist in gewisser Weise zu seinem Zimmer geworden.

Dort lernt er, träumt ... und stellt sich Fragen.

Warum sind die Franzosen in Marokko?

Haben sie ein unbewohntes Eiland betreten? Haben sie leere Wüstenfelder ausgemessen? Haben sie sich auf einem Territorium niedergelassen, „wo die Löwen wohnen", auf dem Pfad eines Nomadenstammes, auf einer *Terra Nullius*?

Lyautey: „Wir haben hier einen verfassten Staat vorgefunden, mit einem Herrscher, einer Regierung, politischen, wirtschaftlichen und kulturellen Institutionen, und einer Diplomatie."

Warum sind die Franzosen in Marokko?

Clémenceau: „Wir sollten nicht versuchen, Gewalt mit dem scheinheiligen Namen Zivilisation zu bemänteln. Das ist die Negierung des Rechts." Jaurès wettert. Der Kolonialismus ist „eine permanente Dreyfus-Affäre". Die Eroberung Marokkos ist eine „Operation aus einer anderen Epoche".

Wieder Clémenceau: „Man beginnt mit Missionaren, mit Soldaten geht es weiter, und am Ende kommen die Banker!" In diesem Punkt irrt sich der „Tiger": In Marokko hat man mit den Banken angefangen. Mehrere Jahre vor dieser schönen Rede, war der Sultan gezwungen worden, eine Anleihe bei der Rothschild Bank aufzunehmen, abgesichert durch die Zolleinnahmen, damit er die hundert Millionen Goldfranken bezahlen konnte, die Spanien als Kriegsentschädigung einforderte. Für einen Krieg, den es selber im Jahre 1859 angezettelt hatte …

Warum sind die Franzosen in Marokko?

Gold. Eisen. Kupfer. Blei. Zink. Mangan.

Warum sind die Franzosen in Marokko?

Auf diese Frage gibt es keine Antwort.

Es gibt hundert Antworten, tausend Antworten, so viele Antworten wie Individuen, die sich aufregen, debattieren, argumentieren, konferieren, diskutieren, fordern und am anderen Ende des Mittelmeers Komplott schmieden. Und auf dieser Seite des Tümpels gibt es so viele Antworten wie bestürzte Fassungslosigkeit oder fatalistische Niedergeschlagenheit oder von Träumen erfüllte Neugierde …

Die Texte sind jedenfalls klar und deutlich. Was ist das Ziel des Vertrags von Fes?

„Reformen."

Was bedeutet das?

„Die wirtschaftliche Entwicklung Marokkos."

Wir wissen, was das bedeutet. Also werden nach Lyauteys Vorgaben Straßen, Häfen, Eisenbahn, Staudämme gebaut … Die Bauern, die seit Jahrhunderten die gleichen Gesten wiederholen, die gleichen Beschwörungen murmeln, um der Erde ein karges Überleben zu entreißen, sehen wie neue Nachbarn eintreffen, die *Kolonialsiedler*. Jeden Monat treffen dreitausend Franzosen in Marokko ein. Jahrzehnte später schleudert einer von ihnen Tayeb jenen Satz ins Gesicht, der keine Widerrede duldet:

„Wer hat schließlich die Orangenbäume in diesem Land gepflanzt?"

Und weiter: „Wo wärt ihr denn ohne uns?"

Sehr schnell besetzt die koloniale Landwirtschaft einen Großteil des fruchtbaren Landes. Die Europäer entwickeln dort Kulturen, die zum Export bestimmt sind. Die Erhöhung der weltweiten Agrarpreise bereichert die Kolonialsiedler. Hingegen produzieren die *Fellahin* nur wenig. Die Hirten können ihre Herden nicht führen, wohin sie wollen. Zäune zeigen ihnen, dass sie in ihrem eigenen Land auf fremdem Boden stehen.

Bei Khourigba durchforsten moderne Geräte den Boden und entreißen ihm das Phosphat, das er seit hundert Millionen Jahren hütet. Um das zu organisieren, haben die Franzosen 1920 das *Office chérifien des phosphates* gegründet.

Chérifien!

Geleitet wird es ausschließlich von Franzosen. Alle Ingenieure sind Franzosen. Alle Vorarbeiter ... Halt, bei den Vorarbeitern gibt es ein paar Ausnahmen: Manche sind Spanier.

Die wirtschaftliche Entwicklung findet an der Atlantikküste statt – in der Nähe der Häfen – und entlang der Straßen und Bahnen, die zu den fruchtbaren Ebenen und den Bodenschätzen führen. Das ganze Land scheint sich der Atlantikküste entgegenzuneigen. Das Marokko der Franzosen, das moderne Marokko ist dem weiten Ozean zugewandt. Auf jeden Fall muss man aus Casablanca sein. Der kleine *Riad* in der *Rue du Hammam* versinkt in den Tiefen der Geschichte.

Ein neuer Ausdruck macht sich breit: „Das nützliche Marokko". Es handelt sich um die Regionen, die Reichtümer beherbergen, die von kompetenten Buchhaltern auf Karten angezeigt und von Ingenieuren dem Boden zugeschrieben werden: Landwirtschaftliche, hydraulische, bergbauliche Reichtümer.

„Das nützliche Marokko."

Der ewige Schnee ist nicht nützlich. Der Wüstensand ist nicht nützlich.

Der Sternenhimmel ist nicht nützlich.

Die großen Kolonialsiedler, die Banker, die Industriellen führen das Wort. Sie sehen auf die kleinen Weißen herab, die Händler, Handwerker, Vorarbeiter, Abfall aus der Metropole, oft aus Korsika. Die kleinen Weißen wiederum verachten die Eingeborenen. Die nur den Boden unter sich haben. So ist die Kolonialgesellschaft.

Sicher gibt es Ausnahmen, aber sie zählen kaum.

Die Franzosen sind in Marokko. Marokko gehört den Franzosen.

Tayeb fragt sich, wo er sich befindet innerhalb dieser beiden Sätze, deren Syntax er schlecht versteht. Wo ist sein Platz in der daraus resultierenden Geographie?

7.

Tayeb steht aufrecht da. Er ist gekommen, sich zu verabschieden.

Der Vater sitzt im Schneidersitz auf seinem Gebetsteppich im Hinterzimmer und starrt in die Ferne. Sein Daumen gleitet über die Gebetskugeln in seiner rechten Hand.

„Vater, ich ziehe in den Norden, in die Berge des Rif, um dem Ruf des *Dschihad* zu folgen."

Der *Hadj* antwortet nicht. Er ist verloren in seinem Traum oder in seinem Gebet.

Tayeb wiederholt den Satz. Langsam hebt der Vater die Hand und reicht sie seinem Sohn, der sich niederbeugt, um seine Lippen daraufzudrücken. Tayeb hat den Segen seines Erzeugers. Eine Träne rinnt über die Wange des *Hadj*. Es ist das zweite Mal in seinem erwachsenen Leben, dass er weint. Er hat am Tag seiner Erniedrigung durch die Pferdehufe der Ungläubigen geweint. Jetzt weint er, während er seinen Sohn betrachtet. Was bewegt sein Herz? Ist es ängstliche Vorahnung oder Stolz? Trauer oder Freude?

Eines Morgens bei Tagesanbruch verlässt Tayeb den kleinen *Riad*, ohne seiner Mutter etwas zu sagen – vielmehr der Frau, die er für seine Mutter hält. Der *Hadj* wird es ihr erklären, sie trösten … Er schließt sich einer Gruppe von Kaufleuten an, die auf Mauleseln nach Fes reiten. Ein paar Tage bleibt er im alten Haus seiner Familie, das nun von Vettern bewohnt wird, dann schlägt er sich nach Norden durch, nachdem er in einer Moschee in Fes Kontakt zu den Leuten im Rif aufgenommen hat. 1921 kommt er in den Bergen an. Niemand ist erstaunt, dass dieser Kerl aus Fes (oder ist er aus Marrakesch?) sich den rauen Menschen aus dem Rif anschließt: Das alles geschieht im Namen des Propheten.

Die Schlacht von Anoual wird zu seiner Feuertaufe. Er gehört zu einer der Gruppen, die die spanischen Vorposten angreifen, jene unerträglichen Stachel im verwundeten Fleisch der *Umma*. Es ist die siebenundzwanzigste Nacht des Ramadan, die „Heilige Nacht", die Nacht der Bestimmung, ein paar heiße, schwere Stunden, die alles entscheiden werden. Koranverse gehen ihm durch den Kopf, während er den düsteren Himmel anblickt, in dem der Mond nur einen winzigen Lichtstreifen bildet.

Wir haben ihn wahrlich in der Nacht der Bestimmung herabgesandt.
Woher sollst du wissen, was die Nacht der Bestimmung ist?
Die Nacht der Bestimmung ist besser als tausend Monate.
In ihr kommen die Engel und der Geist mit ihres Herrn
Erlaubnis herab, mit jeglichem Auftrag.
Frieden ist sie bis zum Anbruch der Morgenröte.

Man nennt sie die Nacht der Bestimmung, aber es ist eher die Nacht der göttlichen Allmacht. Am Ende, überlegt Tayeb und umklammert sein Gewehr, läuft es auf dasselbe hinaus. Der Mann neben ihm, ein junger Berber aus dem Rif, der gebrochenes Arabisch spricht, das er sicher in Fes gelernt hat, murmelt:

„In dieser Nacht zu sterben, weil man dem Ruf des *Dschihad* gefolgt ist, da kann man sicher sein, in Gottes Paradies zu landen."

Tayeb nickt stumm. Er traut diesem Wunderglauben nicht, der anscheinend die Hand des Herrn beeinflussen will. Wer kann schon wissen, was im Jenseits ist? Er ist hergekommen, um zu kämpfen, er hat seinem Vater gesagt, dass er in den *Dschihad* zieht, doch er wäre auch gekommen, wenn die *Fqih* nichts verlangt hätten. Er denkt an *Hadj* Fatmi, den freiwillig Eingesperrten. Zornig denkt er an jenen Tag, als sein Vater erniedrigt wurde. Auch wenn der Patriarch seinen Kindern nichts gesagt hat, sie haben Lalla Ghitas vertrauliche Mitteilungen gehört, sie, die sie die Wunde am Wangenknochen des *Hadj* gepflegt hat, daher wissen sie, was passiert ist. Tayeb hat „gesehen", wie sein ehrbarer Vater in den Staub gefallen ist und die Christen davongaloppiert sind. Vielleicht haben sie gelacht, vielleicht haben sie sich über diesen tollpatschigen „Eingeborenen" lustig gemacht?

Wer weiß, ob Lalla Ghita die ganze Wahrheit erzählt hat oder ob ihr Gemahl ihr nicht einige Einzelheiten erspart hat?

Wer weiß, ob es nicht Peitschenhiebe gegeben hat, Beschimpfungen ... Bespuckungen?

Wenn Tayeb die Augen schließt, tanzen alle diese Formen der Erniedrigung durch seinen Kopf.

Deshalb ist er hier.

Die Schlacht von Anoual hat begonnen, doch Tayeb weiß es nicht. Für ihn geht es darum, mit den anderen zu schießen, nicht mehr. Er weiß nicht, dass die Vorposten überall in Bedrängnis sind, die Kommunikationswege des Feindes abgeschnitten, seine Boten abgefangen. Wenn die Spanier es riskieren, Patrouillen auszuschicken, kehren die nicht zurück. Sechsundzwanzigtausend Spanier werden von fünfzehnhundert

Leuten aus dem Rif belagert, die nicht wissen, dass sie so sehr in der Unterzahl sind. Sylvestre gerät in Panik. Er hisst die weiße Fahne, er, der stolze *Hidalgo*, der vorgab, diese ungeschliffenen Menschen aus den Bergen zu verachten, die doch keine wirklichen Menschen sind.

Abdelkrim schickt unbewaffnete Männer, um zu verhandeln.

Sie werden umgebracht.

Abdelkrim erbleicht, als man ihm von diesem unbegreiflichen Verrat der Spanier berichtet. Er gibt klare Anordnungen: Es ist der totale Krieg. Kein Pardon.

Am nächsten Morgen bei Tagesanbruch sieht Tayeb zu seiner Überraschung Abdelkrim selbst auf dem kleinen Lagerplatz auftauchen, wo er sich mit seinen Gefährten aufhält. Er hatte ihn noch nie gesehen. Ist ein wenig enttäuscht. Wie? Das soll Abdelkrim sein, dieser kleine Mann, eingehüllt in eine igelfarbene Djellaba, einen schwarzen Umhang über den Schultern? Doch bald ist er in den Bann geschlagen. Der Rebellenführer spricht klar, ohne weitschweifige Proklamationen. Er kommt sofort zur Sache: „Das ist es, was wir zu erreichen versuchen, dies ist eure Rolle, ihr müsst um diese Zeit angreifen, auf diese Art." Fragen beantwortet er in ruhigem Ton und sieht dem Fragenden direkt in die Augen. Das Ganze hat nur ein paar Minuten gedauert, Abdelkrim und seine Eskorte sind bereits wieder weg.

Tayebs Gruppe befolgt die Anweisungen Abdelkrims und greift am frühen Nachmittag an. *Hadj* Fatmis Sohn kriecht, ohne gesehen zu werden, auf die kleine Festung zu, wo sich die Spanier und die *Regulares* verschanzt haben. Aus den Augenwinkeln sieht er, wie sich seine Gefährten langsam der kleinen Mauer um das Lager herum nähern. Als alle Männer die Schutzmauer erreicht haben, halten sie inne und beraten sich mit Blicken. Dann richten sie sich auf ein Signal eines Gefährten auf, übersteigen das Hindernis und laufen schreiend auf die Spanier zu. Auch Tayeb brüllt aus vollem Hals, ohne zu wissen warum, überwältigt von Aufregung, Angst, Hass. Er ist sich nicht einmal bewusst, dass eine Kugel sein linkes Bein über dem Knie gestreift hat. Er blutet, dennoch läuft er weiter. Schüsse peitschen, Männer fallen, andere werfen sich mit aller Macht auf den Feind, bald wird es zu einem blutigen Handgemenge, bei dem die Männer aus dem Rif, flink mit dem Dolch, schnell, wutentbrannt, bald die Oberhand gewinnen. Die ganze Garnison wird massakriert. Die Befehle Abdelkrims sind einfach: Tayebs Gruppe soll dort bleiben, auf der Anhöhe über dem Weg nach Anoual. Sie müssen die Stellung halten. Ihre Aufgabe ist, den Weg zu überwachen, den möglichen Nachschub der Spanier aufzuhalten. Für Tayeb endet die Schlacht von Anoual hier, in dieser kleinen Festung, die nach Pulver, Staub und Tod riecht.

Später wird er erfahren, dass andere Festungen um Anoual herum gefallen sind. Die spanischen Verluste sind hoch. General Sylvestre verliert den Kopf, verlangt Verstärkung, die nie ankommen wird, schließlich gibt er den Befehl zum Rückzug. Es ist eine schmähliche Flucht, die Spanier versuchen in Richtung Melilla zu entkommen. Da ihre Ausrüstung die Flucht behindert, werfen sie Waffen und Munition ab, um schneller wegzukommen, doch die Männer aus dem Rif sind schneller als sie: Sie kennen jedes Tal, jede Piste, jeden Felsen.

Regulares aus dem Rif wenden sich gegen ihre Chefs, es herrscht große Verwirrung. Überall lauert der Tod.

Der Berg scheint sich in Bewegung gesetzt zu haben. Es wimmelt von Männern, die aus dem Nirgendwo zu kommen scheinen und rastlos vordringen, trunken vom Geruch des Pulvers, nach Plünderung gierend, vor Aufregung brüllend.

Diese staubige Welle reißt alles mit sich. Die Spanier sind verrückt vor Durst und Angst; sie gehen in die Falle. Sie versuchen zu verhandeln. Vergebens. Dann stürzen sie sich in die Schluchten, in enge Durchgänge, wo ihre Feinde, deren Anzahl und Eifer sich zu vervielfältigen scheinen, sich verbergen und sie mit dem Dolch in der Hand erwarten.

General Sylvestre übergibt seinem Adjutanten seine Orden und sein Abzeichen als Beigeordneter Offizier des Königs, dann macht er das Kreuzzeichen und schießt sich eine Kugel in den Kopf.

Die Männer aus dem Rif haben die Schlacht von Anoual gewonnen.

Tayeb wird das erst einige Tage später feststellen. Seine Wunde am Bein hat sich entzündet, er muss schnell zurück nach Fes, in das Haus der Familie. Er wird als Held empfangen, seine Vettern zeigen ihm Zeitungsartikel, hier und da plakatierte Proklamationen. Sein Onkel umarmt ihn herzlich.

In genau diesem Augenblick hat Massouda mehrere hundert Kilometer von dort entfernt im *Riad* der *Rue du Hammam* Freudenschreie ausgestoßen. Lalla Ghita hat mit ihr geschimpft und so getan, als wolle sie sie an den Haaren ziehen.

„Was gibt es denn zu feiern, du hirnloses Geschöpf?"

„Mein Sohn Tayeb ..."

Lalla Ghita duldet, dass die kleine Sklavin ihren eigenen Sohn so nennt – vielmehr ihren Adoptivsohn. Diese Vereinnahmung amüsiert sie eher, als dass sie sie ärgert. Hat man schon jemals ein Kind mit drei Müttern gesehen?

„Nun, was ist mit ‚deinem Sohn' Tayeb?"

„*Oulidi, oulidi* ... er ist in Fes, im Haus meines Herrn, des

Hadj. Er hat eine große Schlacht über die *Kouffar* gewonnen ..."

Lalla Ghita schweigt unsicher. Im Hinterzimmer hat der *Hadj* alles mitbekommen. Er war schon immer überzeugt, dass die kleine Sklavin mit dem goldenen Herzen und der reinen Seele eine Gabe hat, dass sie über Berge und Meere hinweg „sehen" kann. Tayeb lebt und hat gesiegt, steht stolz und kräftigt da wie der Pomeranzenbaum. Dieses Mal weint der *Hadj* nicht. Doch sein Herz klopft rasend.

8.

Sobald seine Wunde verheilt ist, kehrt Tayeb in den Rif zurück. Er freut sich über das Wiedersehen mit den Gefährten, ist jedoch zu besonnen, um nicht tiefe Beunruhigung zu verspüren. Debbagh, der Freund seines Vaters, hat ihm oft verdeutlicht, dass die Europäer die Stärksten sind und dass man sie mit anderen Mitteln als mit Krieg bekämpfen muss.

Am Abend entfernt er sich ein wenig vom Feldlager und setzt sich unter eine Zeder. Er raucht eine Zigarette und denkt nach.

Abdelkrim hat auf niederschmetternde Weise eine Schlacht gewonnen, ohne das wirklich zu beabsichtigen. Sein Ziel war, den Rif zu organisieren, das Territorium zu kontrollieren, es für den Besatzer gefährlich zu machen, indem er sich hier und dort Scharmützel mit ihm liefert. Kurz und gut, es ging darum, den Spaniern zu zeigen, dass die Sache den Einsatz nicht lohnte. Dann hätte man einen Kompromiss aushandeln können, bei dem alle Parteien das Gesicht gewahrt hätten.

Doch nach Anoual trennt ihn und seine ehemaligen Verbündeten „ein Strom aus Blut und Schlamm". Hat er nicht selber hinter einem Busch die Leiche eines seiner Freunde gefunden, Kommandant Morales, den er den Spaniern mit militärischen Ehren übergeben hat?

Das war nur einer der zwanzigtausend Männer, die Spanien in Anoual verloren hat. Es hat dort auch zweihundert Kanonen lassen müssen, vierhundert Sturmgewehre, Autos, Lastwagen, jede Menge Übertragungsmaterial ... Als die Nachricht im Land des Sehr-Katholischen-Königs eintrifft, sind alle, das Volk, die Armee, die führende Schicht zwischen Verblüffung, Scham und Zorn hin- und hergerissen. Die spanische Armee hat eine der schwersten Niederlagen ihrer Geschichte erlebt. Und gegen wen? Analphabeten aus den Bergen, mittellose Taugenichtse, Banditen ohne Glauben und Gesetz!

In Madrid tönt die Totenglocke. Die Regierung tritt zurück. Abdelkrim versteht, dass Spanien jetzt nicht mehr verhandeln wird. Die Dinge sind zu weit gegangen. Er wird weiterkämpfen, ohne sich Illusionen hinzugeben. Doch ein letzter Skrupel lässt ihn den größten Fehler seines Lebens begehen: Er verzichtet darauf, Melilla einzunehmen, um die Mächte nicht vor den Kopf zu stoßen. Von dort wird der Gegenangriff der Europäer ausgehen.

Am 1. Februar 1922 wird Abdelkrim von den Stämmen, die den Kern des Widerstands bilden, zum *Amir al-Moujahidine* ernannt, zum Obersten Befehlshaber der Armee der Gläubigen; es handelt sich natürlich um die Bani Ouraghiel, seinen eigenen Stamm, aber auch die Temsaman, die Bani Touzine und die Beqqioua. Die Einheit des Rif festigt sich. Zwölf Anführer unterzeichnen seine Nominierung, die an öffentlichen Orten, in den *Souks*, den Moscheen verkündet wird:

„Dieser Mann, dem Gott beisteht, ist unser Herr Mohammed, Sohn des gelehrten und berühmten Abdelkrim Al-Khattabi Ouriaghel, Gott schütze ihn und helfe ihm, die Gotteslästerungen ver-

schwinden zu lassen, die nicht der muslimischen Religion entsprechen. Er möge die ungetreuen und korrupten Partisanen zerstören ...“

Ein Jahr später, Anfang 1923, ruft er die „Republik der konföderierten Stämme des Rif“ aus.

Immer noch die Modernisierung: „Die Republik“.

Immer noch der Kompromiss: „Die Stämme“.

Später wird er erklären, die Macht des Sultan an keinem Punkt in Frage gestellt zu haben. Unwiderlegbarer Fakt ist: Der Anführer der Rifberber schreibt immer wieder an den Befehlshaber der Gläubigen, der nicht einmal antwortet. Abdelkrims Entsandte können sich Moulay Youssef nicht einmal nähern. Lyautey, der behauptet, „die Rifberber zu mögen, jedoch nicht die mächtigen“, ist unerbittlich: „Wir dürfen nichts sagen oder tun, dass als Anerkennung der sogenannten Regierung des Rif interpretiert werden könnte.“

Einige Jahre später wird diese sogenannte Regierung sich einer franko-spanischen Koalition entgegenstellen, die aus fünfhunderttausend Männern besteht und von Maréchal Pétain geleitet wird – ja, Pétain, der Sieger von Verdun ... –, ein Maréchal, der zweiundvierzig Generäle befehligt. Es ist „die größte Armee, die man in der *Barbarie* seit den Zeiten der Karthager gesehen hat.“

Doch soweit sind wir noch nicht.

Abdelkrim verfügt höchstens über sechzigtausend Krieger. Auch wenn er Krieg führt, bleibt er seinen Modernisierungsideen treu. Er baut Straßen, die die wesentlichen Städte des Rif miteinander verbinden, schlägt Brücken über die Flüsse, erwägt eine Eisenbahn zwischen Ajdir und Guercif zu bauen. Er richtet ein Telefonnetz ein, dessen Verwaltung er einem gewissen Antonio, auch „El Mecanico“ genannt, anvertraut: Denn er hat desertierte Legionäre und spanische Kriegsgefangene aufgenommen, die er menschlich behandelt ... In den *Souks* lässt er seinen Fortschrittswillen verkünden: „Diener Gottes, früher wart ihr Barbaren, Tiere, die nur Rache kannten. Heute könnt ihr nach eigenem Willen kommen und gehen. Doch ihr müsst noch die Wissenschaft der Christen meistern, *um sie besser besiegen zu können.*"

Als er diese Proklamation liest, fällt Tayeb die Ähnlichkeit der Argumentation von Debbagh, dem Städter aus dem Süden, und Abdelkrim, dem Bergbewohner aus dem Norden auf.

Er fühlt sich mehr und mehr als *Marokkaner*.

Der Epos von Abdelkrim trifft in der ganzen Welt auf starke Resonanz. Überall, wo der Kolonialismus die Völker unterjocht, sie ausbeutet, unterdrückt, wecken die Heldentaten der Rifberber Stolz und Hoffnung.

Ihr Anführer wird von der französischen Linken begeistert gefeiert. Sie nennen ihn den „Vercingetorix der Berber", den „Napoleon aus dem Rif" ... Sozialisten, Kommunisten, Anarchisten werden verurteilt, weil sie ihn unterstützt haben. Schriftsteller, mit den Surrealisten an der Spitze, geben folgende Parole aus: „Kein Sou, kein Blutstropfen für den Rif!" Gold und Blut ...

Der kommunistische Abgeordnete Jacques Doriot verteidigt Abdelkrim im französischen Parlament. Der Skandal ist enorm.

Aragon schreibt: „Abdelkrim war das Ideal unserer Jugend."

Ho Chi Minh nennt ihn „den Vorgänger". Er fügt hinzu: „Die klare Lehre aus dem Rifkrieg war, dass ein kleines Volk eine moderne Armee aufhalten und besiegen kann, wenn es zu den Waffen greift, um seine Heimat zu verteidigen. Die Rifberber haben der ganzen Welt diese Tatsache bewiesen."

Der Vietkong wird die Schlacht von Anoual als Anregung für den siegreichen Kampf in Dien Bien Phu nutzen.

Mao, Tito, der Che ... sie alle werden sich auf den Rifberber beziehen. Tito: „Abdelkrim hat uns viel gelehrt in Bezug auf die Organisation und Autonomie der Guerillatruppen. Wir haben einige seiner taktischen Manöver nachgeahmt."

Der Journalist Vincent Shean, der 1924 den Rif bereiste, erklärt später in den Sechziger Jahren im US-amerikanischen Fernsehen: „In meinem ganzen Leben haben mich nur zwei Menschen wirklich beeindruckt: Gandhi und Abdelkrim."

Auch in Marokko hat er überall Anhänger. Die französischen Geheimdienste bemerken, dass diese sich in Casablanca regelmäßig im Stadtzentrum, im Kaffeehaus *Le Roi de la Bière* treffen.

Als Republikaner kann man sich seine Könige schließlich aussuchen.

Im November 1924 wird die spanische Armee, jetzt unter Primo de Rivera, erneut in die Flucht geschlagen. Zwischen Chaouen und Tetuan wird sie bedrängt, erbarmungslos angegriffen; sie verliert zweitausend Soldaten und eine enorme Kriegsbeute. Zwanzigtausend Rifsoldaten strömen nach Chaouen, die endlich den Christen entrissene Heilige Stadt. Tayeb ist trunken vor Freude und marschiert durch die befreite Stadt. Ach, wenn sein Vater ihn nur sehen könnte!

Abdelkrim richtet sein Hauptquartier in der Festung der Stadt ein.

Er hat den Krieg gegen Spanien und seine hundertsechzigtausend Soldaten gewonnen.

Darüber ist er selbst sicher am meisten erstaunt.

Die Mächte reagieren. Es ist undenkbar, dass eine von ihnen bei der kolonialen Eroberung endgültig besiegt wird. Am 11.

Dezember 1924 schickt Lyautey einen alarmierenden Bericht an den Ratspräsidenten Herriot. Diese Pseudo-Republik des Rif ist „eine ernsthafte und wachsende Bedrohung für unsere Präsenz in Nordafrika". Lyautey will Verstärkung, er will Männer und Waffen, er fordert klare politische Unterstützung, intensives diplomatisches Handeln. England wird es zulassen: Lieber Frankreich als den allmächtigen Abdelkrim auf der anderen Seite von Gibraltar, scheint das pragmatische Albion jetzt zu denken. Bis sich das alles setzt ...

Der zweite Rifkrieg kann beginnen.

Lyautey stellt Abdelkrim über einen der Honoratioren aus Fes ein Ultimatum: „Die Bani Zeroual befinden sich in der französischen Zone." Der Maréchal bleibt seiner Salamitaktik treu. In diesem Fall handelt es sich in erster Linie um eine Provokation. Abdelkrim fällt nicht darauf herein. Er antwortet dem Notablen aus Fes mit wunderbarer Ironie oder trauriger Klarsicht:

„Es wäre mir lieb, wenn uns die Franzosen als intelligente Menschen ansehen könnten ..."

Er will den Krieg nicht. Er möchte die Grenze zwischen seiner Republik und dem französischen Protektorat genau festlegen. Er lässt einige seiner Männer erklären, gegenüber Frankreich würde er sich auf einen Autonomiestatus einlassen. Wie der Pascha von Marrakesch ... Es wäre ein enormes Zugeständnis.

Besser noch: Abdelkrim suggeriert dem Völkerbund, er solle den Rif unter das Mandat einer anderen europäischen Nation stellen, die mehr als Spanien die lokale Religion und die Gebräuche achten werde. Ist es ein diskreter Appell an Lyautey, der an diesem Punkt untadelig ist? Noch ist alles möglich. Der Statthalter scheint zu zögern. Doch die Mächte können sich nicht damit abfinden, dass die Rifberber den Krieg endgültig gewonnen haben sollen: „Alle Berufsrevolutionäre schauen auf Abdelkrim ... Wir müssen handeln, sonst werden schlimme Zeiten für die westlichen Völker heranbrechen!"

Lyautey hat sich wieder im Griff. „Für unser Regime gäbe es nichts Schlimmeres als die Existenz eines unabhängigen und *modernen* Staates in so großer Nähe zu Fes, der zum Anziehungspunkt würde."

Verblüffende Worte im Mund eines Mannes, der es sich zur Aufgabe gesetzt hat, Marokko zu ... modernisieren!

Wer hat als Erster angegriffen?

Das ist eine Definitionsfrage. Die Franzosen haben die Zaouïa von Amjot besetzt; daher greifen die Rifberber im April 1925 an. Innerhalb von vierzehn Tagen ist das Gebiet der Bani Zeroual vollständig besetzt. Die Stämme erheben sich und schließen sich den Truppen von Abdelkrim an. Es ist eine Flutwelle, die sich über die französischen Linien ergießt, an verschiedenen Stellen einer über dreihundert Kilometer langen Front.

Die Stadt Fes ist bedroht. Tayeb träumt bereits von dem Tag, an dem er als Sieger an der Seite seiner Waffenbrüder aus dem Rif in die Stadt seiner Vorfahren einziehen wird. Von dort wird er im Galopp nach Marrakesch weiterreiten, vom Pferd springen und in den *Riad* der *Rue du Hammam* stürzen, um seinen Vater von dessen Schwur zu erlösen ... *Hadj* Fatmi wird wieder aus dem Haus gehen können, kein Ungläubiger wird dessen Schwelle jemals verunzieren.

Bei Anbruch der Nacht klettert Tayeb auf den Wipfel eines gekrümmten Baumes. In der Ferne glaubt er die Lichter der Hauptstadt des Reiches, die Mauern des Hauses seiner Vorfahren zu erspähen. Er steigt vom Baum und legt sich auf den Boden, auf den Rücken, die Augen voller Sterne. Er umklammert sein Gewehr und versinkt in einen Traum, in dem sich Fes wie eine Frau hingibt.

Wenn Fes fällt, sind die Folgen unberechenbar. Das ganze Land könnte entflammen. Vielleicht wäre es das Ende des Protektorats.

In Paris wüten die Sozialisten gegen Lyautey, der von jenem „modernen, umsichtigen Anführer aus einer chaotischen, armen Region" militärisch besiegt worden ist. Der Maréchal kommt ins Straucheln, er will mit dem Emir diskutieren, erkennt sogar an, dass der Rif und die Bani Zeroual sich ergänzen ... Der Emir wiederum wiederholt, dass er nur eines will: Frankreich soll die Unabhängigkeit des Rif anerkennen und die Grenzen sollen klar festgelegt werden.

Sein Ruhm hat sich in der ganzen Welt verbreitet. In Jerusalem, Damaskus, Ankara wird Geld für die Unterstützung seines Kampfes gesammelt. In Frankreich werden am 21. Mai sechshundert Einberufene der 31. und 41. Infanterieregimenter nach Marokko eingeschifft, doch sie rufen: „Nieder mit dem Krieg, es leben die Rifberber!" Dann stimmen sie die *Internationale* an ...

Pétain ist empört.

Die kommunistische Tageszeitung *L'Humanité* salutiert vor der roten Flagge der Rifrepublik.

Das ist zu viel. Frankreich beschließt einen totalen Krieg auf europäische Art zu führen. Die Offensive wird zusammen mit Spanien vorbereitet. Alles ist bis ins kleinste Detail geplant: Blockade, Landung, Schulterschluss der beiden Armeen ... Pétain übernimmt die Koordination der Militäroperationen. Er trifft Primo de Rivera in Tetuan. Der Sultan empfängt ihn und bittet ihn, „Marokko von diesem Rebellen zu befreien", ein Satz, den Pétain in Paris berichten wird. Der Sultan selbst hat seine Untertanen aufgefordert, sich *gegen* Abdelkrim zum Militär zu melden; er sieht in ihm nur einen *Rogui,* einen jener Anwärter auf die Macht, die von Zeit zu Zeit aus der Wüste auftauchen oder von den Bergen herabsteigen und sich zum *Mahdi,* Erneuerer des Islam oder sogar Sultan ausrufen ...

Tayeb, dem ein fahrender Kaufmann diese Aussagen zugetragen hat, ist zutiefst verstört darüber. Soll er in der Armee Abdelkrims bleiben, die den Kampf gegen die Ungläubigen führt? Soll er desertieren, um dem Beherrscher der Gläubigen zu gehorchen? Wenn er nur mit seinem Vater in Kontakt treten könnte ... Marrakesch ist so weit weg.

Das hindert den Pascha von Marrakesch jedoch nicht daran, Truppen zu schicken, die *gegen* Abdelkrim kämpfen sollen.

Anfang August beginnt die Offensive. Fünfhunderttausend Soldaten, siebenundsiebzig Bataillone, sechsunddreißig Panzerdivisionen, sechzehn Fluggeschwader, das Ganze geführt von zweiundvierzig Generälen unter dem Oberkommando von Maréchal Pétain, greifen auf den dreihundert Kilometern der Riffront an.

Abdelkrim appelliert an die zivilisierten Nationen. Er fordert sie auf, ihre hehren Prinzipien in die Tat umzusetzen und den Angegriffenen gegen den Angreifer, den Schwachen gegen den Mächtigen zu verteidigen! Zwei zivilisierte Nationen, Frankreich und Spanien reagieren, indem sie eine Dampfwalze bilden, die alles auf ihrem Weg zermalmt. Bald gelingt ihnen der Schulterschluss.

Mehrere Jahrzehnte lang gelingt es den europäischen Staaten geheim zu halten, was später als *Verbrechen gegen die Menschlichkeit* bezeichnet werden wird. In großem Umfang werden von den Spaniern chemische Waffen gegen die Rifbevölkerung eingesetzt, um Abdelkrim zur Aufgabe zu zwingen.

Nicht ein Dorf, nicht ein Hügel im Rif entgeht den von den spanischen Flugzeugen abgeworfenen chemischen Bomben.

Manchmal sind es sogar deutsche Flugzeuge, die Senfgas auf die Aufständischen abwerfen.

Tayeb hat das Glück, der tödlichen Wolke zu entfliehen, doch er sieht die furchtbare Wirkung an einem jungen Hirten aus dem Rif, der gestern noch unter einer Zeder Flöte spielte, an einem Vater, dessen Rückkehr vergebens in der Nähe von Ajdir erwartet wird, an seinen Gefährten ... der Tod fällt vom Himmel. Durch welches Wunder haben *die* einen Bereich erobert, der den Menschen nicht gehört?

1925 adressiert Abdelkrim einen Hilferuf an das Internationale Rote Kreuz und lenkt die Aufmerksamkeit darauf, dass Spanien und sein Verbündeter Frankreich das Genfer Protokoll verletzen, das den Einsatz chemischer Waffen untersagt. Vergebens.

Wer war der Hauptlieferant des Giftgases an Spanien?

Deutschland.

Wer gab Spanien die zur Herstellung der Bomben notwendige Technologie?

Deutschland.

Der Rifkrieg ist die Generalprobe für den Spanienkrieg. Genau dort wird der kriegstreiberische Faschismus geboren. Die Demokratien verraten ihre Schwäche. Alle diese historischen Überlegungen entgehen Tayeb und seinen Gefährten. Für sie geht es darum, Tag und Nacht zu kämpfen, vor der Flutwelle der Macht zurückzuweichen, sich zu den Flanken des Feindes zu bewegen, anzugreifen und zu verschwinden, nachts zu den Lagern zu kriechen, den Dolch einzusetzen und zu fliehen, sich unsichtbar zu machen ...

Trotz ihrer beeindruckenden Schlagkraft tritt die französisch-spanische Koalition auf der Stelle. Der Feind ist nicht zu fassen, eröffnet ständig neue Fronten und entschwindet dann spurlos. Die spanischen Verluste sind erheblich. Die Öffentlichkeit wird unruhig, das Desaster von Anoual kommt wieder auf den Tisch ... Primo de Rivera erwägt separate Verhandlungen mit Abdelkrim aufzunehmen, der Emissäre nach Madrid entsendet. Der Winter ist da, die Militäroperationen werden unterbrochen.

Beim islamischen Kongress von Kairo im März 1926 soll Abdelkrim das Kalifat angeboten werden, das Mustafa Kemal Atatürk zwei Jahre vorher abgeschafft hat. Entrüstet beschließt Sultan Moulay Youssef den Kongress zu boykottieren. Abdelkrim schickt seinen Informationsminister nach Kairo mit der Maßgabe, einen modernen Staatsbegriff zu vertreten: Wahl des Leiters der Exekutive, Unabhängigkeit der Justiz, Souveränität des Volkes.

Vor Ort hebt der Krieg wieder in völlig disproportionaler Weise an.

Für Tayeb ist es wie eine Art Apokalypse. Bruchstücke aus dem Koran kommen ihm in den Sinn:

„Wenn die Erde von ihrem gewaltigen Beben erschüttert wird
und ihre Lasten an Toten von sich gibt ...“

Ein Stahlgewitter ergießt sich über ihn und seine Gefährten, ein Ansturm von Feuervögeln, ein Erdbeben, das nicht einmal die Nacht zum Stillstand bringt ...

Was können Gewehre und Dolche dagegen ausrichten?

Nach hartem Kampf ergibt sich Abdelkrim am 27. Mai 1926 den Franzosen. Der Held des Rif erklärt einfach: „Ich gebe meine Person und meinen Besitz in die Hand Frankreichs. Ich vertraue auf seine Großherzigkeit."

In Paris steigt der Kurs des Franc. Am 14. Juli defilieren die französischen und spanischen Soldaten über die Champs-Elysées; sie ziehen vorbei an Gaston Doumergue, dem Präsidenten der Republik, umgeben von Primo de Rivera und Sultan Moulay Youssef.

Abdelkrim wird mit neunundzwanzig Personen seiner Familie und seinem Gefolge auf die Insel La Réunion ins Exil geschickt; er lebt in einer weißen Villa inmitten eines vierzehn Hektar großen Parks. Er geht spazieren, denkt nach, schreibt.

„Der Grund für meine Niederlage ist der religiöse Fanatismus ... Ich habe alles getan, um mein Land vom Einfluss bestimmter Scherifs und Marabouts zu befreien, die den Weg zu Freiheit und Unabhängigkeit behindern ... Ich habe die Türkei bewundert ... Jedes Land, in dem diese religiösen Scheiche großen Einfluss behalten, kann nur langsam vorankommen ..."

Er stirbt am 6. Februar 1963 in Kairo, ohne sein Land wieder betreten zu haben, das seit 1956 unabhängig ist.

Tayeb kann der siegreichen Armee entfliehen. Tagsüber versteckt er sich in den Ästen der Zedern, in den hohlen Stämmen abgestorbener Bäume, nachts durchquert er die Schluchten, die Pisten, die Wälder. Schließlich erreicht er Fes und den alten Wohnsitz, wo man ihn mit Ehren und Mitleidsbekundungen aufnimmt. Er versteckt sich in einer kleinen Kammer, wohin seine Tante ihm Nahrung bringt. Wie immer lässt er Bücher, Pergamentrollen, Druckwerke bringen, alles, was die Vettern in der Medina auftreiben können. Er liest. Das ist eine andere Form des Kampfes. Es ist der große *Dschihad*: Der, den man *gegen sich selbst* führt.

9.

Einige Jahre nach seinen Abenteuern im Rif kehrt Tayeb nach Marrakesch zurück und führt die Geschäfte seines immer noch an den Schwur gebundenen, wie ein Einsiedler lebenden Vaters. Tayebs Leidenschaft für die Geschehnisse, die „laufenden Ereignisse", für das, was noch nicht Geschichte heißt, ist ungebrochen, so lebendig wie in seiner Kindheit, als er seinen Vater vom Aufenthalt in Algesiras mit dem „Minister für Ausgaben" erzählen hörte.

Eines Tages im Mai 1930 sitzt er mit Debbagh, dem Freund seines Vaters, und *Hadj* Fatmi selbst im Hinterzimmer und liest, ohne es glauben zu können, in einer Zeitung den Text des *Dahir*, der am 16. des Monats verkündet wurde und der bald als „Berberdahir" bezeichnet werden wird. Tayeb hat den Text bereits ein erstes Mal entziffert und liest ihn jetzt laut vor; seine beiden Gefährten hören mit gesenkten Köpfen und halbgeschlossenen Augen zu, um sich besser konzentrieren zu können, um die Worte in klassischem Arabisch besser aufzunehmen, die durch den ganzen *Riad* hallen, so groß ist Tayebs Entrüstung. Er merkt nicht einmal, dass er die ausschweifenden Formeln fast schreit; diese Worte, von denen jedes einzelne wie die Totenglocke irgendeines furchtbaren Urteils klingt. Am anderen Ende des Gärtchens spitzt Lalla Ghita beunruhigt die Ohren. Massouda hört mühelos deutlich jedes Wort.

„Gelobt sei Gott ...

Im Folgenden wird bekannt gemacht, Gott erhöhe und stärke den Inhalt, Unsere Scherifianische Hoheit hat beschlossen:

Artikel 1: Bei den der Berberkultur zugeordneten Stämmen Unseres Reiches wird die Repression der von marokkanischen Untertanen begangenen Gesetzesbrüche, die in den anderen

Teilen des Reiches den Oberhäuptern obliegt, (nunmehr) den Stammesführern zugeordnet ..."

Tayeb hält inne, seine Augen überfliegen den Text. Er will zum Wesentlichen kommen.

„Artikel 6: Die nach eigenen Regeln strafrechtlich relevante französische Gesetzgebung gilt in Bezug auf die Repression von in Berberzonen verübten Verbrechen, unabhängig vom Status des Täters ..."

Tayeb ist außer sich. Er hört mit dem Lesen auf, schüttelt den Kopf und beißt die Zähne zusammen.

„Was bedeutet das alles?", fragt *Hadj* Fatmi, der seit einigen Monaten viel schwächer geworden ist und nur noch schwer hört.

Seine Finger gleiten über die Perlen der Gebetskette und seine Augen sind noch immer halb geschlossen. Debbagh seufzt und macht Tayeb gegenüber eine beschwichtigende Geste, da dieser wutentbrannt antworten will. Debbaghs Ton ist gemessen, doch ein unkontrollierbares Zittern verrät seine Aufregung.

„Lieber Bruder, das bedeutet, dass die Berber nunmehr nicht mehr von der *Chra'*, der muslimischen Justiz, regiert werden."

„Unmöglich!", stößt der *Hadj* aus, dessen Finger erstarrt sind.

Debbagh legt seinem Freund eine Hand auf die Schulter.

„Dennoch ist es wahr. In juristischer Hinsicht gibt es nunmehr zwei Arten von Marokkanern: Die Araber, die der *Chra'* unterliegen, und die Berber, die dem Stammesrecht und dem französischen Gesetz verpflichtet sind."

Tayeb wirft die Zeitung empört in eine Ecke der kleinen Kammer. *Hadj* Fatmi erhebt zögernd einen Finger und sagt mit dünner Stimme:

„Mein lieber Freund, mein Sohn, ich werde euch eine Geschichte erzählen, die mir in meiner Jugend, als ich unter den *Chlouh* lebte, widerfahren ist ..."

Beide Männer tun so, als würden sie die Geschichte der jungen Berberin, der *Soussi* nicht kennen, die der *Hadj* geheiratet hatte, als er versuchte, in Agadir ein Vermögen zu machen – und beide wissen nicht, dass sie Tayebs richtige Mutter ist. Sie hören geduldig zu, wie er alles erzählt, an das er sich noch erinnern kann, ein paar unwesentliche Einzelheiten und vor allem den zentralen Punkt: Eine einfache Lesung der einleitenden Sure des Koran hatte genügt, um den Bund zwischen dem Fassi und der Chelha zu schließen.

Flüsternd endet er:

„Zwei Arten von Marokkanern, wirklich? Uns hat doch eine in weniger als einer Minute verlesene *Fatiha* miteinander verbunden, sie und mich, vor Gott und den Menschen ... versucht doch mal Hasen und Adler, Katze und Hund durch eine einfache *Fatiha* zusammenzuführen ..."

Er fügt hinzu:

„Sagt das denjenigen, die den Sultan gezwungen haben, diesen gottlosen *Dahir* zu erlassen ..."

Tayeb kann sich nicht zurückhalten.

„Das ist nicht alles! Dazu kommt, dass eine Trennlinie zwischen Arabern und Berbern zu ziehen keinerlei Sinn macht, wenn man die Geschichte unseres Landes betrachtet. Idriss, der Begründer der ersten marokkanischen Dynastie, hatte eine Berberin geheiratet, Kenza. Ihr Sohn Idriss II. war also mindestens so sehr Berber wie Araber. Das stimmt heute für alle Marokkaner, König oder einfacher Bürger, Städter oder Bergbewohner, reich oder arm! Diese Geschichte mit der Abgrenzung von Arabern und Berbern ist absurd."

Dabei weiß er nicht, dass er selbst ein lebendes Beispiel für seine These ist ... Debbagh schenkt ihm ein müdes Lächeln.

„Wir wissen das alles, lieber Tayeb. *Die* jedoch wissen es nicht."

Tayeb, sein Vater und Debbagh sind nicht die Einzigen, die sich entrüsten. Die Aufregung ist allgemein. In mehreren Moscheen wird der *Ya Latif* rezitiert, ein Gebet für besonders schwerwiegende Situationen. Auf die Gebete folgen Straßendemonstrationen, die Sicherheitskräfte sind in Alarmbereitschaft, Scharmützel brechen aus.

Beim Abendessen, als *Hadj* Fatmi längst im Hinterzimmer eingeschlafen ist, kommt Tayeb auf das Thema zurück. Er explodiert: „Wie könnte es zwei Arten von Marokkanern geben? Wir sind alle Muslime!"

Debbagh, der Freund seines Vaters, ist einverstanden. Er versteht diesen groben Fehltritt der Franzosen nicht.

„Wenn es darum geht zu teilen, um besser zu herrschen ..."

„Es ist ein Angriff auf den Islam!"

„... stellt sich doch die Frage, *wer* eigentlich herrscht. Der Sultan ist der Oberbefehlshaber der Gläubigen, er zieht keinen Vorteil aus einer solchen Aufspaltung."

„Und weiter?", fragt Tayeb, der plötzlich aufhorcht.

„Demnach ist die Maske gefallen: In Wahrheit herrschen die Franzosen und das sogenannte Protektorat ist nur Augenwischerei."

Beide Männer schweigen.

Hadj Fatmis Sohn geht zur nahen Ben-Youssef-Moschee zum Beten. Das *Ya-Latif*-Gebet beginnt.

O mein Gott, behüte uns vor dem Unheil. Und erlaube nicht, dass wir von unseren Brüdern, den Berbern, getrennt werden.

Es ist ein Augenblick intensiver Exaltiertheit. Er fühlt sich eins mit allen Männern, die um ihn herum sind, und darüber hinaus mit allen, die im selben Moment, in derselben Bewegung, in allen Moscheen des Landes das gleiche Bittgebet psalmodieren. Er wird eins mit der Gemeinschaft der Gläubigen, der *Umma*, mit den Marokkanern, die er in Anoual, in Fes, in Marrakesch, überall getroffen hat ... Tausende Erinnerungen aus dem Rifkrieg kommen ihm in den Sinn. Tränen laufen über seine Wangen.

Das Gebet endet. Die Männer bleiben noch einen Augenblick auf den Matten sitzen, die sie auf dem Boden ausgerollt haben.

Ya Latif! Ya Latif!

Die Beschwörungsformel hallt in Tayebs Kopf wider.

Als er aus der Moschee tritt, bemerkt er an der Straßenecke ein paar Soldaten der Kolonialarmee.

Das ist das Unerträglichste. Nach jenem erhabenen Moment, an dem er mit geschlossenen Augen glaubte, den göttlichen Atem zu spüren, muss er nun an diesen Sterblichen vorbei, die hier allmächtig herrschen. Hier in der Stadt Youssef Ibn Tachfines. Die *Hauptstadt des Südens* sagen die Franzosen, seit sie die Verwaltung nach Rabat verlegt haben.

Steine fliegen. Geschrei bricht aus.

Männer, die normalerweise mit kleinen Schritten, auf würdige und gemessene Art schreiten, nehmen die Beine in die Hand.

Es wird bis zum 8. April 1934 dauern, bis ein anderer Dahir den Artikel 6 des Berberdahirs außer Kraft setzen wird.

10.

Die militärische Eroberung Marokkos endet erst Mitte der 1930er Jahre. Seit 1902 hat der Widerstand gegen die Kolonisierung achtunddreißigtausend französische Menschenleben gefordert, mehr Menschen als im Algerienkrieg zwischen 1954 und 1962 umgekommen sind (dreiunddreißigtausend).

1934 ist das Land endgültig befriedet. Kann es Zufall sein? Im gleichen Jahr taucht ein *Comité d'action marocaine* auf, das einen Reformplan entwickelt. Begeistert schließt sich Tayeb dieser ersten marokkanischen politischen Partei an. Eifrig verschlingt er die Erklärungen der Gruppe.

„Zweiundzwanzig Jahre sind seit der Unterzeichnung des Protektoratsvertrages vergangen. Das ist Anlass zur Frage, wo wir in Bezug auf die Umsetzung unserer grundlegenden Hoffnungen stehen [...].

Es stimmt, dass endlich Frieden im ganzen Reich herrscht. Die Marokkaner empfinden darob eine Genugtuung, die allein die Erinnerung an schmerzliche Ereignisse und das dafür bezeichnende Blutvergießen trüben können.

[...] Marokko ist in Bezug auf die Modernisierung seiner Infrastruktur ein gutes Stück vorangekommen: Straßen, Eisenbahnen, Verwaltungsgebäude usw.

Die Marokkaner erkennen die Anstrengungen des Protektorats auf diesem Gebiet an. Doch sie kreiden ihm die Maßlosigkeit bei der Entwicklung des Infrastrukturprogramms an, die Durchsetzung eines überzogenen Steuersystems und die oftmals tollkühne Kreditaufnahmepolitik, die den Staat und die Nation in den Ruin stürzen. Die Marokkaner [beklagen] in diesem Verwaltungssystem eine Politik der Privilegien und der Rassenunterschiede, welche die grundlegende Ursache für die Vernachlässigung ihrer Weiterentwicklung darstellt [...].

[Unser Komitee] hat festgestellt, dass ein Teil der Reformen, die das marokkanische Volk anstrebt, einer Gesetzgebung unterliegt, die auf die europäische Kolonie beschränkt bleibt. In diesem Bereich fordert es die Ausweitung der Vorteile auf die marokkanische Bevölkerung. Das betrifft unter anderem die Dahir zu Arbeit, Zivilstand, persönlicher Freiheit usw."

Tayeb ist zwar „Nationalist", doch er hat sich mit einem Franzosen namens Orsini angefreundet, der irgendwelche Aufgaben in einer Art Büro innehat, das die Verbindung zwischen der französischen Verwaltung und dem mächtigen Pascha von Marrakesch bildet. Da sie in diesem Büro immer wieder über die Lieferung aller Art von Waren verhandeln, kennen und schätzen sich die beiden Männer. Orsini hat ihn sofort geduzt. Tayeb siezt den anderen immer noch.

Er hat Debbaghs Ratschläge nicht vergessen. „Wir müssen uns nun bei den Europäern die Wissenschaft aneignen." Er verwaltet die Geschäfte seines Vaters, doch so oft es geht, schlendert er zu den Kaffeehäusern, wo Orsini und manche seiner französischen Kollegen sich dazu herablassen, einzukehren und ein Glas Tee mit ihm zu trinken.

Trotz dringender Bitten hat Orsini den kleinen *Riad* in der *Rue du Hammam* noch nie betreten. *Hadj* Fatmi hätte nicht geduldet, dass die Füße eines Christen den Boden seines Hauses betreten. Daher treffen sich die beiden Männer in Kaffeehäusern oder seltener in Orsinis kleiner Wohnung. Orsini entkorkt dann eine Flasche Wein und sucht Tayeb mit allen Mitteln der Kunst zum Trinken zu bewegen. Der wiederum notiert auf einem kleinen Block die Worte und Ausdrücke, die der andere benutzt und die er nicht kennt.

Orsini ist ein sogenannter „Witzbold"– er selbst hat Tayeb das Wort beigebracht. Er zieht alles ins Lächerliche, erzählt Dinge, die er als „Witze" bezeichnet und dann befragt er mit

Unschuldsmiene seinen marokkanischen Freund zur Meinung der Leute über den Pascha, die Franzosen, die Ereignisse ...

Er hat paradoxe Ideen zu allem, insbesondere zur Beziehung zwischen Frankreich und Marokko. Tayeb weiß nie, ob er scherzt oder es ernst meint.

„Man kann sagen, was man will, Lyautey war ein Tausendsassa ... ich kenne ihn seit langem, habe ihn zu Anfang meiner Karriere oft getroffen, als ich immer wieder versetzt wurde. Nicht erst während der Befriedung, nein, bereits vorher ... Ja, mein kleiner Tayeb, sieh' mich nicht so an, ich habe tatsächlich ‚Befriedung' gesagt ..."

„Ich würde es eher ‚militärische Eroberung' nennen ..."

„Ich aber sage Befriedung. Damit musst du dich abfinden, mein Freund. Die Befriedung hat im Namen des Sultans stattgefunden, *deines* Sultans, wie könnte sie da eine Eroberung sein? Seien wir logisch: Der Sultan kann doch sein eigenes Land nicht erobern, oder? Du lächelst, das ist ein gutes Zeichen. Noch etwas: Wir hatten die Unterstützung marokkanischer Honoratioren, die unserer Sache treu ergeben waren ..."

„Welche Sache denn?"

„Die französische Sache eben! Unsere *Mission*."

„Die da lautet ..."

„Sag mal, heute bist du aber hartnäckig, mein kleiner Tayeb! Wie denn, ich soll dir sagen, was unsere Mission ist? Ich hoffe, das ist nicht dein Ernst. Ach, ich sehe es schon an deinem Lächeln. Fast hättest du mich auf den Arm genommen. Dir muss ich doch wohl nicht die Schulen, die Straßen, das Stromnetz in Erinnerung rufen ... Also, ich sagte: Wir hatten die Unterstützung von Honoratioren, *die unserer Sache treu ergeben waren*. Jawohl, Honoratioren und mehr noch: Oberhäupter, die faktisch über Leben und Tod in ihrem Gebiet entscheiden. Die *Caïds* eben, *eure Caïds*. Schließlich haben ja nicht wir sie erfunden! Die Presse liebt sie ... die Journalisten sind Freunde großer Worte ... Sie nennen es die ‚Politik der großen *Caïds*'. Dabei sind die *Caïds* genauso Eingeborene wie du, mein lieber Tayeb."

„Wollen Sie damit sagen, diese Eroberung sei auch ein Krieg zwischen Marokkanern?"

„Du bist ja vielleicht beharrlich! Ich hoffe doch sehr, es ist nicht boshaft gemeint! Oder ist es einfach nur gemeint? Wie auch immer, lieber Freund, in deinem Satz gehen drei Worte gar nicht. Drei Worte, drei Irrtümer, alles falsch! Eroberung: Nein Monsieur, wir sagen Befriedung. Krieg: Abgelehnt, wir führen hier de facto Polizeioperationen durch. Marokkaner: Hier gibt es nur Stämme, wollte man alle zusammenfassen, so könnte man höchstens Muslime sagen. Oder aber Araber und Berber. Ihr sagt ja selbst: Ich komme aus jenem Stamm, aus jener Ecke."

„So etwas sage ich *nie*."

„Ja, aber ihr Leute aus Fes seit ja auch ganz anders, ihr seid seit zwanzig Generationen Städter. Die anderen wissen kaum, wer der Typ auf der anderen Seite ihres Berges überhaupt ist, und meistens wissen sie überhaupt nichts darüber! Es ist ihnen schnurzegal! Die wahren Marokkaner sind wir, da staunst du, was?"

„Ich habe geglaubt, Sie seien Korse."

Orsini fegt den Einwurf mit einer Handbewegung vom Tisch.

„Wir sehen dieses ganze Mosaik oder diesen Brei als ein einziges Land an. Daher sind wir die wahren Marokkaner!"

Wenn Orsini „zu tief ins Glas geschaut hat", wie er es selber nennt, wird er zu einer Wortfontäne, man kann ihn nicht mehr aufhalten, es sprudelt, es spritzt heraus ... Tayeb hört gebannt zu, ohne immer zu verstehen, was der andere ihm sagt ...

„Nun Tayeb, bist du in die Politik gegangen? Bist du Mitglied dieser marokkanischen ‚Partei'?"

„Ich habe ihr Programm gelesen."

Orsini unterbricht ihn.

„Das Programm bedeutet kurz gesagt, die Franzosen davonjagen, oder?"

„Nein, es ist, wie sagen Sie noch, ... ‚subtiler' ... gemäßigter ... Es wurde ja auch dem Statthalter vorgestellt."

Orsini feixt.

„Das Programm ‚wurde dem Statthalter vorgestellt'. Was soll denn das bedeuten? Ich nehme an, es ist für Journalisten und Historiker bestimmt. Doch was steckt dahinter? Die Details, was! Alles ist da! Stell' dir die Szene vor, mein lieber Tayeb. ‚Das Programm wurde dem Statthalter vorgestellt.' Ha! Wie siehst du das denn? Eine Gruppe junger Männer erscheint am Tor der Residenz. Sie haben ihre Freitagskleider angezogen (ha, ha!), sie sehen stolz und ein wenig wild aus, eben wie Marokkaner, wenn sie Beschwerden vorbringen (ja, ja ich kenne *euch*) ...

... oder ist es die *unterwürfige und ein wenig ängstliche* Miene, die Marokkaner aufsetzen, wenn sie Beschwerden vorbringen? Nun werd' doch nicht gleich sauer.

Du siehst, es ist nicht leicht.

Sie haben das Dokument mit der Post gesandt. Ah, da lächelst du. Bravo! Doch im Ernst: Bisher hat noch keine Revolution über eingeschriebene Briefe stattgefunden. Kannst du dir Robespierre in der Post der *Rue du Louvre* vorstellen, wie er einen parfümierten Brief an Ludwig XVI. schickt und ihm mitteilt, dass er nach Preußen abhauen soll?

Gut, also wo waren wir stehen geblieben mit deinen Landsleuten? Sie sind in Rabat vor den Toren der Residenz. Man lässt sie in der Gluthitze warten. Minuten vergehen, bald sind es Stunden. Stoisch verharren sie an Ort und Stelle, doch der Hass auf den Besatzer schleicht sich in ihre Herzen (Oh Mann, ich bin vielleicht ernsthaft) ...

... oder aber: Sie werden sofort in die Residenz vorgelassen, man bringt sie in einen schönen Salon und serviert ihnen Erfrischungen. Hihi, wir Franzosen sind Leute von Welt. Diskret betastet einer der Besucher, ein Kenner, ein Fassi wie du, den Stoff auf den Sesseln.

Wie geht es weiter? Woher soll man das wissen? Der Statthalter empfängt sie. Der Statthalter empfängt sie nicht. Er ist überheblich, arrogant, er streicht leicht irritiert über seinen Schnurrbart. Er trägt keinen Schnurrbart, ist jovial, wohlwollend, fast väterlich. Was sind denn das für Hinterwäldler! Das soll die Crème de la Crème der städtischen Elite dieses Landes sein? Eine Bande von Aufwieglern, die ich in den Knast verfrachten werde, wenn sie mir weiter den Tag verderben! Die Zukunft dieses schönen Landes. Religiöse Fanatiker. Sie werden von den extremen Linken aus Paris manipuliert. Man kann mit ihnen verhandeln. Mit den Leuten kann man keinesfalls diskutieren. Sie sind vernünftig. An den Galgen mit ihnen!

Nun setz' nicht so eine verschreckte Miene auf, Tayeb. Ich versuche nur, mir den Macker aus dem Jahr 2000 vorzustellen, der in einem Geschichtsbuch liest, dass ‚der Reformplan des *Comité d'action marocaine* dem Statthalter vorgestellt' wurde. Die Geschichte ist voller Leerstellen mein Freund. Wie? Was sagst du? ‚Leerstellen' bedeutet ‚Löcher'. Genau, notier' es in deinem Block ...

Gut, zurück zu deinen Landsleuten, die auf Politik stehen ... Sie stehen vor einem Tor, das nicht geöffnet werden wird. Ein Untergebener empfängt sie, Herr von Sonstwas, der verwirrt wirkt. Er steht am Anfang seiner Karriere, hat noch nicht einmal einen Gedichtband veröffentlicht. Sie übergeben ihm den ‚Plan für Reformen in Marokko'. Herrn von S. fällt auf, dass das Wort PLAN rot in dicken Großbuchstaben dasteht. Darunter dann in kleinen schwarzen Buchstaben, als sei es nur ein Vorwand, folgt ‚für Reformen in Marokko'. Das ist authentisch. Stell' dir vor, ich hab' das vermaledeite Dokument selbst gesehen ...

PLAN. Herr VonEss macht sich fast in die Hose. Die Hand Moskaus? Vorsichtig ergreift er das Dokument (Plan! Plan! Planungswahn!), das ihm ein großer, sehr magerer und sehr dicker Kleiner reicht, erstaunlich haarlos mit seinem schönen struppigen Bart, ein weißer Neger mit helldunklen Augen, der Urtyp des städtisch-nomadenhaften Berberarabers aus der Sahara und den Küstenstädten. VonEss legt das Dokument auf seinen Schreibtisch und verbeugt sich:

‚Ich werde es dem Statthalter höchstpersönlich übergeben.'

Dann springt er auf den Schreibtisch und legt einen grotesken Bauchtanz hin, zu dem er rhythmisch in die Hände klatscht. Er zieht seine Hose herunter, zeigt seine Arschbacken und mimt eine obszöne Geste:

‚Euren Plan steck' ich mir sonstwohin, ihr dreckigen Kameltreiber!'

Schließlich begleitet er seine Gesprächspartner mit größter Hochachtung zum Ausgang:

‚Meine Herren ...' "

Tayeb betrachtet fasziniert den kleinen Korsen, der von einem Dämon besessen scheint.

Zurück im kleinen *Riad* hat Tayeb eine lange Diskussion mit Debbagh. Sie vergleichen ihren Informationsstand. Mit der Geschichte ist nicht zu spaßen. Man weiß ziemlich genau, wie dieses Manifest vorgestellt wurde. Der Statthalter heißt Henri Ponsot. Vor ihm war da Lucien Saint, nach ihm wird es andere geben.

Eigentlich ist es unwesentlich, wie sich die Szene, die Präsentation des Plans beim Statthalter, abgespielt hat.

Die französischen Behörden bescheiden die Bittsteller abschlägig.

Die Antwort ist *niet*!

11.

1936 kommt in Frankreich die Volksfront an die Macht.

Wie alle marokkanischen Nationalisten nimmt Tayeb diese Nachricht mit Begeisterung auf. Er glaubt, eine linke Regierung werde aufmerksamer auf ihre Forderungen reagieren. Doch es scheint sich nichts zu tun. Im Oktober 1936 stellt das *Comité d'action marocaine* ein *Programm unmittelbarer Forderungen* vor und organisiert Zusammenkünfte in den großen Städten. Dieser Übergang zur direkten Aktion ist zum Scheitern verurteilt. Die Zusammenkünfte werden verboten, die Anführer zu hohen Strafen verurteilt. Im März 1937 löst Statthalter Noguès das *Comité d'action marocaine* auf.

Daraufhin sammeln sich die Nationalisten in zwei Organisationen: Dem *Parti national pour la réalisation des réformes* unter der Leitung von Allal El Fassi und dem *Mouvement National* unter Mohamed Bel Hassan El Ouazzani. Die Freunde trennen sich. Tayeb tritt Allal El Fassis Partei bei, Debbagh hingegen der Bewegung von Ouazzani. *Hadj* Fatmi wähnt sich zu alt, um sich zu engagieren, obwohl er Familienbande zum jungen salafistischen *Fqih* hat, der Si Allal genannt wird: Ihre Großmütter sind Schwestern.

Es wird lange Diskussionen zwischen den beiden Freunden und Tayeb geben, der ihnen exklusive Neuigkeiten bringt, die er beim seltsamen Orsini aufschnappt.

Der Rest des Jahres ist von starken Spannungen in den Städten und auf dem Land geprägt. Im September legt die Umleitung der Gewässer des Wadi Boufekrane bei Meknes zugunsten der Siedler die Lunte ans Pulverfass. Protestdemonstrationen werden organisiert. Später wird man von den „Ereignissen von Boufekrane" sprechen.

„In der jüngeren Geschichte Marokkos gibt es viele ‚Ereignisse' ", stellt Tayeb fest.

„Jedem seinen Euphemismus", erwidert Orsini, der genau weiß, dass sein Gesprächspartner dieses Fremdwort nicht kennt.

„Die ‚Ereignisse' von Oujda, Oued Zem, Casablanca ..."

Orsini seufzt, erhebt sich und holt ein dickes Buch aus dem Bücherregal.

„Was sagt denn der Duden? *Ereignis*: von althochdeutsch *irougen*, neuhochdeutsch *eräugen* = vor Augen stellen, zeigen, ist das Auftreten eines beobachtbaren Geschehens. Man stellt fest ..."

Der Korse grinst hämisch.

„Ehrlich, ihr beeinflusst uns ja ... ‚Man stellt fest'... Ein Quäntchen Fatalismus, durch Ansteckung? *Mektoub?*"

Er liest weiter im Wörterbuch.

„Andere Wortbedeutung: *wichtiges historisches Geschehnis.* Hmmmm..."

Er stellt das Buch zurück ins Regal und verharrt sinnend am Fenster. In der Ferne scheint das Geraune vom Jemaa-el-Fna-Platz plötzlich bedrohlich. Die Worte sprechen für sich selbst. Afrikanische Grammatik. Wenn es Ereignisse sind, sind es „wichtige historische Geschehnisse". Die Geschichte geht voran. Doch das Innenministerium oder der Statthalter haben nicht im Wörterbuch nachgeschlagen, sie leugnen die Bedeutung des Wortes. Im gleichen Satz sprechen sie von – natürlich unkontrollierten – *Elementen*, um die Bevölkerung besser zu spalten, die Spreu vom Weizen zu trennen, doch schreiben Elemente Geschichte? Sind die Franzosen selbst nicht ideal platziert, um diese Frage zu beantworten? Führen *Elemente* zum *Ereignis*?

Also, Boufekrane.

Die Menge in Meknes wogt in Richtung Lahdim-Platz, um die *Mahkama* (das Tribunal) des Pascha zu besetzen und die Gefangenen zu befreien. Auch von Spahis und Legionären verteidigte Polizeibarrikaden versperren den Weg. Zwei Stunden lang versuchen drei- bis vierhundert Demonstranten die Barrikade zu überrennen. Der Schießbefehl wird erteilt.

Die Zeitung *L'Action Populaire* hat eine riesige Schlagzeile auf der ersten Seite: **Blutige Ereignisse in Meknes. Die Truppe schießt auf die Menge. Wer ist verantwortlich?**

Es ist eine spektakuläre Schlagzeile, denn sie steht nicht über einem Artikel, sie ist in roter Schrift über den Text anderer Artikel gedruckt (über die Weltausstellung in Paris, die Justizreform ...), die somit unbedeutend, unnütz werden.

Die Krawalle haben die Reden ersetzt.

12.

Auf Anordnung der Partei des Istiqlal, die Informationen über die Pläne der Franzosen erhofft, bleibt Tayeb in engem Kontakt mit Orsini. Der wiederum spickt seine Berichte mit Informationen von seinem marokkanischen „Schützling". Beide Agenten sind nunmehr wie zwei Finger einer Hand, so drückt es Orsini aus. Als Tayeb ihm gesteht, dass er in Abdelkrims Armee gegen Spanier und Franzosen gekämpft hat, kann der Korse einen erstaunten Pfiff nicht unterdrücken:

„Donnerwetter!"

Er lässt sich Anoual, die Angriffe aus dem Hinterhalt, die Lager der Aufständischen erzählen ... Indessen trinkt er. Wenn dann die zweite Flasche Wein leer ist, wenn Tayeb die Erzählungen aus „seinem" Rif beendet hat, kann das Orsinischauspiel beginnen.

„Weißt du, mein kleiner Tayeb, der Rif war Afghanistan an Europas Toren; auch dort hat das Große Spiel unerbittlich stattgefunden."

„Das ‚Große Spiel'?"

Orsini erklärt die Bedeutung dieses Ausdrucks, die er auf Kipling zurückführt. Er fährt fort:

„Im Grunde war Abdelkrim ein Agent Londons ..."

Tayeb erbleicht.

„Monsieur Orsini, Sie gehen zu weit ..."

„Nicht weniger als siebenundvierzig Offiziere des *Intelligence Service* dienten in seinem Führungsstab ..."

„Nein! Das ist eine, eine ...", Tayeb sucht nach dem Begriff. „... Verleumdung!"

„Doch ... das alles wird eines Tages herauskommen ... wenn die Archive zugänglich sind ... wie viele unserer Soldaten sind umgekommen durch von den Agenten Ihrer Majestät, der anderen, der aus Buckingham, gestellte Hinterhalte?"

„Verleumdung! Lüge!!"

„Glaubst du denn im Ernst, Abdelkrim und seine Bande von Habenichtsen (mit Verlaub, mein kleiner Tayeb) hätten uns widerstehen können ohne die Unterstützung des *Intelligence Service,* ohne dessen Geld? Denk doch mal nach: Wir haben die Deutschen in Schach gehalten – die Deutschen! –

und 1918 haben wir sie schließlich geschlagen. Die behelmten und bis zu den Augenbrauen bewaffneten *Boches*! Und da sollen wir unfähig gewesen sein, mit einer von einem auf einem Maulesel reitenden Abenteurer angeführten Handvoll von Fanatikern fertig zu werden? Der IS, sage ich dir!"

Orsini redet so schnell, dass Tayeb kaum erfasst, was er sagt. Dennoch entgeht ihm der allgemeine Sinn der Faselei des Korsen nicht. Er protestiert:

„Haben Sie dafür Beweise?"

„Besser als Beweise: Ausführliche Geständnisse. Hier ist die Szene: Umringt von seinen Helfershelfern paradiert Abdelkrim vor den Stammesältesten. Wer ist neben ihm? Die Hauptmänner Gardner – oder Gardiner, das weiß man nicht mehr – und Gordon Canning! Das sind keine Ibn Dings und Abu Bums! Gardner! Gordon! Und was sagt *Mister* Chefrebell? Das hier: ‚England ist unser Verbündeter, es unterstützt uns mit Ratschlägen und Geld. Seine Offiziere dienen in unseren Rängen. Nie werden wir ohne seine Ratschläge Frieden schließen. Und wir werden seinen Anteil am Sieg nicht vergessen.' Nun? Was brauchst du mehr?"

„Namen, Adressen ..."

„Mach' dich nur lustig. Du willst eine Adresse? Hier ist sie: 18, Featherstone Building, Holborn, England. Ich kenne sie auswendig, weil ich sie für ungläubige Thomastypen deiner Art immer wieder hersagen musste ..."

„Was ist das denn! *Fèdreston*?"

„Das ist der Sitz des *Rif Committee,* einer Abteilung des *Colonial Department*. Und was tut dieses Rifkomittee? Es kümmert sich um Munition und Essen für die Rifberber! Für dich, mein kleiner Tayeb! In deinem Lager hast du *British* gemampft! Nix mit *Halal*! Kalbshaxenpudding ab und zu! Jaja, die Logistik Abdelkrims ist dort in dem *Featherstone Building*!

Na, da staunst du, was, mein Tayeb! Oder soll ich dich besser *Sir* Tayeb nennen? Doch, Moment mal, sie tun nicht nur das! Im Untergeschoss kümmern sie sich vielleicht um Weizen und Öl, doch im ersten Stock geht es eindeutig um Angriffspläne, die diese Herren entwickeln!"

„Wenn das alles wahr ist, wenn das alles bekannt war, was tat Frankreich dann?"

„Nichts. Wir salutierten."

„Ihr … Was?"

„Mein lieber Tayeb, versetz' dich in die Stimmung der Zwanziger Jahre. Wenn der *Silver Crescent* ein Schiff aus unserer Flotte kreuzt, was tut dann dieses Schiff? Was tut sogar die ganze Flotte? Wir salutieren! Das sind die Befehle aus Paris. Der Laderaum des *Silver Crescent*, der natürlich von deinen Kumpels vom Rifkommittee angeheuert wurde, ist vollgestopft mit Waffen und Munition für *deinen* Abdelkrim. Die Engländer machen sich *doppelt* über uns lustig. Sie haben ihren verdammten Dampfer ‚Silberne Mondsichel' getauft! Das ist die Bedeutung von *Silver Crescent*: ‚Silberne Mondsichel'! Scheiße, sowas kann man sich gar nicht ausdenken! Die Mondsichel der Muslime und das Silber Ihrer perfiden Majestät! Wir salutieren!"

„Das ist ... unvorstellbar."

„Du sagst es. Doch es kommt noch besser. Du weißt, dass Marokko offiziell ein Protektorat ist, keine Kolonie. Ein etwas merkwürdiger Status ... offen gesagt, ein schlecht geschneidertes Kostüm. Denn wem nutzt es? Den Engländern. Immer den Engländern! Der verdammte Protektoratsstatus ermöglicht ihnen, Eingeborene zu ‚protegieren'. Gut. Daher rennt jeder Muslim, der mit uns ein Hühnchen zu rupfen hat, mit den Pantoffeln in der Hand und wehendem Bart zum englischen Konsulat und erklärt sich zum Untergebenen Ihrer

Majestät Buckingham! Plötzlich erscheinen da *Rosbifs* in Djellabas! Mit *britischer* Soße angerichtete Araber! Berber aus reinem Schweinefleisch! Die darf man nicht mehr anfassen! Unantastbar! Sie sind nunmehr – ich zitiere aus dem Vertrag – ‚nur noch konsularischen Gerichten Großbritanniens unterstellt'! Und wir, was tun wir, unsere Polizei, unsere Behörden?"

„‚Wir salutieren.'?"

„Wir salutieren. In Fes gibt es einen dieser seltsamen Käuze, weder am Ufer der Themse geboren noch aus Nelsons Unterhose geschlüpft, einen gewissen El Hajoui: Er ist nicht mehr und nicht weniger als der offizielle Vertreter von Abdelkrim! Nun tja, euer Botschafter, mein kleiner Tayeb! Wir wissen genau, wo er wohnt: Ein Haus mit zwei Ausgängen in Bab Ghissa, wo die Anglo-Rifberber unermüdlich Komplotte schmieden. In Fes, bei uns!"

„Wie, bei euch?"

„Ganz genau! Bei uns! Und wir können nichts tun, die gesamte französische Polizei und die Behörden sind machtlos, denn, jetzt kommt's mein Tayeb, der verfluchte El Hajoui ist ein ‚englischer Protégé'! Auf dieser Grundlage setzt er sich auf seinen Maulesel und hält dem Pöbel Reden, versichert den Bettlern, Abdelkrim, der Sultan des Rif – so nennt er ihn –, sei dabei, die Ungläubigen zu verdreschen – das sind wir! – und werde bald zu Allahs großem Ruhm nach Fes zurückkehren! Und weißt du, wer stumm und respektvoll drei Schritte hinter ihm her schreitet? Seine Alte? Seine Konkubine? Mitnichten! Es ist *Mister* sein Adjutant, Hauptmann Manday: Noch ein Engländer!"

„Sie sind amüsant Orsini."

„Wie, amüsant? Sag' lieber, dass das alles empörend ist!"

Orsini stürzt ein Glas Wein hinunter, wischt die Lippen mit

dem Handrücken ab, dann macht er weiter mit seinem Vortrag, noch vehementer als vorher.

„Doch das ist noch nicht alles! Um den Nachschub für Abdelkrim kümmert sich ein gewisser Kettani ..."

„Noch ein Engländer?"

„Bravo! Du kommst langsam mit. Stell dir mal die Szene vor: Eben dieser Kettani verlässt Tanger an der Spitze einer Karawane von Mauleseln, die Säcke mit Nahrung, Kaffee, Verbänden, Munition transportieren, kurzum, alles, was dein Meister Abdelkrim braucht, um uns zu bekriegen. Die Gendarmerie – unsere oder die der Spanier – nähert sich misstrauisch. Halt! Wer ist da? Unerschütterlich zeigt Kettani seinen englischen Pass vor. Die Plattfüße überprüfen die Dokumente zehn Mal, zwanzig Mal: Sie sind echt! Also müssen sie ihn wohl oder übel ziehen lassen, ihn und seine Maulesel, die mindestens so englisch sind wie er."

„Aber die Waren?"

„Sie sind als englische Postpakete verpackt. Unsere Gendarmen haben kein Recht sie anzurühren."

„Das verstehe ich nicht. Die englische Post in Marokko?"

„Aber ja. Ich hab' dir gesagt, das Protektorat ist ein schlecht geschneidertes Kostüm. Alle Mächte, die den Vertrag von Algesiras unterzeichnet haben, erhalten damit das Recht, im scherifianischen Reich ein eigenes Postwesen zu unterhalten. Jedoch sieht man nie eine belgische Briefmarke oder einen russischen Postboten, denn alle vertrauen Frankreich. Alle zivilisierten Länder haben uns beauftragt, die Post zu organisieren. Alle ... außer England! Nein, nein! Die Engländer uns vertrauen? Du träumst wohl! Der Hundertjährige Krieg ist noch nicht beendet, mein kleiner Tayeb! Es ist der Tausendjährige Krieg! England hat einen eigenen Postdienst gegründet, der im ganzen Protektorat funktioniert. Ich sage dir: Im *ganzen* Protektorat. Überall, in Fes, in Marrakesch, in Casablanca findet man Briefkästen mit den Insignien Ihrer Britannischen Majestät: Eine Schlange, die in einen französischen Hintern beißt. Englische Beamte frankieren die Briefe und schicken sie an andere englische Beamte, die sie in den Postsack des immer englischeren Briefträgers stecken. Die postalische und telegraphische Zensur Frankreichs ist machtlos gegen dieses diabolische Briefträgernetzwerk."

„Das ist erstaunlich."

„Mehr als du denkst. Sieh mal, *dein* Abdelkrim gibt ein Pamphlet in Französisch heraus, dessen Titel, *Das verbrannte Brot,* sicher etwas bedeutet, was ich jedoch nicht verstehe. Kurzum, dieser lodernde Brotlaib soll unsere Soldaten zum Desertieren bewegen. Einfach so! Und wer verteilt diesen Ranft? Die englische Post! Das alles zirkuliert in ihren Säcken. Und seien wir ehrlich, die Royal Mail ist beeindruckend effizient: Abdelkrim lässt ein Kommuniqué ab, am gleichen Tag ist es in allen Moscheen des Landes angeschlagen. *Thank you, London!* Was die Plakate betrifft, wer druckt die denn überhaupt? Ein gewisser Ancelle in Tanger, gefördert vom britischen Geheimdienst. Bei Ancelle ist was los, da wird gearbeitet, mit Schablonen hantiert, es riecht nach Tinte und Papier. Wärmt den Klebstoff an! Was druckt er uns denn da, der gute Ancelle? Tritt näher, mein guter Tayeb, lies: FRANKREICH IST DER FEIND DES ISLAM! SCHÜTTELN WIR DIE FREMDHERRSCHAFT AB! VERTEIDIGEN WIR DAS ARABISCHE VOLK GEGEN DEN BESATZER! Sie sind echt gut, die englischen Dienste! Wahre Poeten! Dazu noch in Arabisch!"

„Ich geb's zu, das ist merkwürdig."

„Nein, das ist Marokko."

13.

Die seltsame Freundschaft zwischen Tayeb und Orsini blieb mit Höhen und Tiefen trotz der Wechselfälle der Geschichte erhalten. Auf eine bestimmte Art brauchte jeder den anderen, um zu verstehen, wer *die auf der anderen Seite* waren. Tayeb lernte den komplexen Geist dieses Mannes kennen, der mal frivol mal tiefsinnig war, alles Paradoxale liebte, von dem man nicht genau wusste, was er in Marrakesch trieb, aber der immer einen Zug Vorsprung zu haben schien in der Schachpartie, die er anscheinend gegen einen unbekannten Gegner spielte. Orsini war beeindruckt von der Intelligenz des Marokkaners und seiner Fähigkeit, sehr schnell zu lernen, was sich über Jahrhunderte in der französischen Kultur gebildet und herauskristallisiert hatte – in erster Linie die Sprache. Als die Spannung in Europa nach der Krise von München anstieg, kreisten ihre Gespräche nicht mehr um die Situation in Marokko, sondern behandelten weitläufigere Streitpunkte. Als der Krieg ausbrach, besser, als er offiziell zwischen England, Frankreich und Deutschland erklärt wurde, waren die beiden Männer im Mamounia, wo Orsini eigenen Aussagen nach „Stammgast“ war.

„Hut ab!“, rief der Korse und hob sein Glas, als sich Tayeb näherte.

„Warum denn?“, fragte Tayeb und setzte sich.

„Wie denn? Du weißt nicht Bescheid. Lies das hier!“

Er hielt ihm seine Zeitung hin und deutete auf die erste Seite.

Tayeb las eine Proklamation von Sultan Mohamed ben Youssef vom 3. September 1939:

„Heute greift Frankreich zu den Waffen, um seinen Boden, seine Ehre, seine Würde, seine Zukunft und die unsrige zu verteidigen.

Auch wir müssen den Prinzipien der Ehre unserer Rasse, unserer Geschichte und unserer Religion treu bleiben.

Ab dem heutigen Tag bis zu dem Augenblick, an dem das Banner Frankreichs und seiner Verbündeten von Ruhm gekrönt wird, müssen wir es bedingungslos unterstützen, ohne auch nur für eine unserer Ressourcen einen Preis zu verlangen und ohne vor jedwedem Opfer zurückzuschrecken. Wir waren mit Frankreich in Zeiten der Ruhe und des Überflusses verbunden. Daher ist es recht und billig, dass wir an seiner Seite stehen angesichts dieser Prüfung, aus der es – davon sind wir überzeugt – ruhmreich und groß hervorgehen wird."

„Also?", schrie Orsini.

„Es ist ... ich weiß nicht, ich finde keine Worte."

„Ehrlich gesagt, es hat mir die Tränen in die Augen getrieben", gesteht der Korse. „Welche Geste! Wie edel! Sch..., echt! Das ist schön!"

An jenem Abend ging Tayeb in das kleine Hinterzimmer, um seinem Vater die Tagesnachrichten zu überbringen. In Europa hatte der Krieg begonnen. Er hatte nicht den Mut, ihm aus der Zeitung vorzulesen. Wie hätte *Hadj* Fatmi, der an seinen Schwur gebunden war, die Erklärung des Sultans aufgenommen?

Es sind keine hohlen Worte. Neunzigtausend Mann aus Marokko beteiligen sich am „Seltsamen Krieg". Tayeb hat am Ende auf den Appell des Sultans gehört. Er hat sich der französischen Armee angeschlossen.

Fehlt ihm der Krieg? Ist er in geheimer Mission, spioniert er für die Partei? Lockt ihn einfach nur das Abenteuer? Langweilt er sich in Marrakesch?

In jedem Fall muss er in Bezug auf sein Alter gelogen haben. Der Werber schaut nicht sehr genau hin, er gibt vor, das (ungefähre) Geburtsdatum zu glauben, das ihm dieser Mann mit den wilden Augen angibt. In nur wenigen Minuten erkennt er den instinktiven Krieger. Zu jung für den *Dschihad* von Abdelkrim, zu alt für den der Franzosen: Dennoch beteiligt sich Tayeb an beiden.

Als Orsini es erfährt, fällt er aus allen Wolken.

„Du?"

Er versteht es ganz und gar nicht. Ein Fassi, ein „Nationalist", der Sohn eines bedeutenden Geschäftsmannes, ein Mann, der lesen und schreiben kann, soll sich der französischen Armee anschließen? Das ist unerhört.

„Zumindest", rät er, „visiere einen Rang, der deinem Alter und deiner Erfahrung entspricht. Ich übernehme das, nur ein Brief ..."

„Nein", unterbricht ihn Tayeb. „Kümmern Sie sich nicht um mich. Jedem sein Krieg."

Nun trägt er die französische Uniform. Hätte sein Vater das verstehen können?

Er hat es ihm nicht gesagt. Die anderen wissen mehr oder weniger Bescheid, doch für *Hadj* Fatmi ist sein Sohn gen Orient gezogen, wie Ibn Batouta besucht er die Heiligen Stätten und dann sucht er in Ägypten, in Syrien neue Märkte, neue Handelswege ... Der *Hadj* erinnert sich an seinen eigenen Traum von Warenlagern an der Straße zwischen Fes und dem Senegal. Diesmal will sein Sohn andere Horizonte, andere Breitengrade erkunden. Gott helfe ihm!

Die furchtbaren Monate Mai und Juni 1940 überraschen Tayeb, als er noch in Marokko ist. Er vergeht fast vor Ungeduld, wartet wie andere darauf, dass sich das kämpfende Frankreich wieder erhebt. Nach vielen Mühen erreicht er im November 1943 Italien.

Hunderttausend marokkanische Soldaten werden mobilisiert, um in den Reihen der alliierten Armeen gegen die Achsenmächte zu kämpfen. Sie schlagen sich erst in Tunesien, in Sizilien, in Korsika. Sie machen vor allem in der Italienkampagne von sich reden. Die berühmte Schlacht von Monte Cassino ist in erster Linie eine marokkanische Angelegenheit.

Tayeb liegt auf dem Bauch, die Augen auf den Kolonel gerichtet, der den Zug befehligt. Der Kolonel erhebt sich leicht auf seine Ellenbögen und ruft seinen Männern zu:

„Bajonett zur Kanone, bereit zum Angriff!"

Tayeb starrt auf das Bajonett und hält sich bereit.

Als sich alle Soldaten erheben, werfen die Deutschen mit Fallschirmen ausgestattete Leuchtraketen. Der Kolonel steht einem Deutschen gegenüber. Er schießt, streift den feindlichen Soldaten jedoch nur, der gleichzeitig eine Granate geworfen hat. Sie trifft den Kolonel an der Schulter und rollt dann zu Boden. Er wirft sich hin, schützt sich mit seinem Helm und ruft seinen Männern mit rauer Stimme zu:

„Auf den Bauch legen!"

Sie haben sofort verstanden, was los ist. Feldwebel Tayeb Fatmi, der dem Kolonel beim Angriff gefolgt ist und hinter ihm steht, hat nicht gesehen, wo das von dem Deutschen geworfene Gerät hingefallen ist. Mit geschlossenen Augen und zugebissenen Zähnen wirft er sich zu Boden, die Hände klammern den Helm fest, der schief aufsitzt; er vergräbt seinen Kopf genau neben der Granate, die auf ihn zu warten scheint und genau in dem Moment explodiert. Ein Teil von Tayebs Kopf zerbirst.

Er bleibt als Toter am Abhang, wo andere Körper mit herausgerissenen Eingeweiden oder zerfetzt liegen. Mehrere Stunden danach stoßen Sanitäter auf Tayeb. Noch eine Leiche? Sie legen ihn vorsichtig auf den Rücken und stellen fest, dass er noch atmet. Er ist nicht tot, aber schwer verletzt. Sein Gesicht ist eine blutige Wunde. Im allgemeinen Wirrwarr wird er ins Krankenhaus gebracht.

Der Kolonel und die anderen Überlebenden seines Zuges verlieren seine Spur. Niemand scheint zu wissen, was aus ihm geworden ist. Die Armee zieht gen Norden.

In dem großen ruhigen Haus in Fes döst Massouda auf dem Boden sitzend. Plötzlich ist ihr, als dringe ein Stachel in ihr Herz. Sie erhebt sich bestürzt. Was ist los?

Das Haus ist friedlich, es herrscht feuchte Stille, die nur vom Gezwitscher eines Vogels unterbrochen wird, der unter dem Dach ein Nest gebaut hat.

Massouda beruhigt sich nach und nach. Sicher ein schlechter Traum.

Sie wird Tayeb nie wiedersehen.

Orsini denkt oft an Tayeb. Er hat seine Spur verloren, doch glaubt er jedes Mal etwas erfahren zu können, wenn von den Marokkanern die Rede ist, die für Frankreich kämpfen. Am 17. Dezember 1944 liest er aufgewühlt einen Auszug aus dem *Journal Officiel de la République Française*:

„[Die Tabors sind eine] marokkanische Einheit von höchster kriegerischer Qualität, die bereits in Tunesien und Korsika den Orden der Armee erhalten hat.

Am 20. August 1944 sind sie an einem Dutzend verschiedener Strände in der Gegend von Saint-Tropez gelandet und bereits am nächsten Tag 120 Kilometer weiter, bei Aubagne, haben sie die erste Schlacht geschlagen und in weniger als zwei Tagen heftiger mörderischer Kämpfe die Stadt befreit. Dann sind sie unverzagt nach Marseille weitergezogen und haben vom 23. bis 28. August die Vorstädte, die sich ihnen entgegenstellten, und die Innenstadt eingenommen. Durch eine Reihe wagemutiger Manöver und Angriffe bis hin zum Nahkampf haben sie Saint-Marcel, Saint-Loup, die Kette von Saint-Cyr, den weißen Roucas, den Park Borély, Endoume, la Malmousque und die Festung Saint-Nicolas eingenommen.

In acht Tagen haben sie 4.009 Gefangene gemacht, darunter ein General, drei Kolonels, hundertvier Offiziere.

Gezeichnet: Charles de Gaulle."

Die Zahl der gefallenen Marokkaner auf den Schlachtfeldern des Zweiten Weltkriegs wird auf zehn- bis fünfzehntausend geschätzt.

Das ist eine breite Spanne. Warum gibt es keine genauere Statistik? Warum weiß man nicht genau, wie viele Marokkaner nicht aus dem Krieg zurückgekommen sind?

Ein junger Mann, nennen wir ihn Assou, verpflichtet sich in der französischen Armee. Ob Sohn aus Großem Zelt oder Abkömmling eines besiegten Stammes müsste er doch eine Matrikelnummer bekommen. Er zieht von Sizilien bis Rom, kämpft dann in Deutschland, dann ... die für ihn bestimmte Kugel hat seinen Kopf durchbohrt. Auf einem österreichischen Feldweg, an einem kalten Maimorgen im Jahr 1945, am Vortag der Kapitulation haucht Assou seine Seele aus.

Aber auch wenn keiner ihn hat fallen sehen, jemand muss doch bemerkt haben, dass Assou nicht mehr da ist. Und wenn er so einsilbig ist, dass niemandem seine Abwesenheit auffällt, zumindest muss sein Vorgesetzter doch bemerkt haben, dass er nicht zum Appell angetreten ist.

In welchem Limbus bewegen sich die verschwundenen Marokkaner?

Der Christ ist groß, feierlich, in seiner Militäruniform geschniegelt. Er beugt sich zu einem Muslim in einer blütenweißen Djellaba hinunter, der ihm gegenübersteht. Im Hintergrund erahnt man andere Militärs, andere Djellabas.

Charles de Gaulle verleiht Sultan Mohammed Ben Youssef einen Orden. Er macht ihn zum *Compagnon de la Libération*. Der General flüstert etwas ins Ohr des Sultans, der seinerseits ein paar Worte murmelt.

Vielleicht fragt er nach den verschwundenen Marokkanern.

Wo ist Tayeb?

14.

Massouda hat ein neues Lied gelernt, „Al-Mirikan", das bedeutet „Die Amerikaner". Es ist der große Hit des Jahres, den der Satiriker und Liedermacher Houssine Slaoui geschrieben hat.

Mein Gott, was für eine Zeit, was für eine Geschichte!
Die Amerikaner sind gelandet
Alle erheben die Köpfe
Die Frauen sind nicht mehr zu halten
Selbst die Omas kauen Kaugummi
Die Ehefrauen nutzen die Stunde und hauen ab

Die schönen Jungs mit den blauen Augen sind gelandet
Die Arme voller Geschenke
Bonbons, Zigarren und Dollars zuhauf
Selbst die jungen Mädchen lernen amerikanisch
Man hört nur noch „Ok, ok, come on, bye bye"

Zur Unterhaltung bittet Lalla Ghita Massouda, mitten im *Riad* zu singen, alle sollen davon profitieren, selbst die Nachbarn. Alle brechen in Gelächter aus, wenn sie zum Ende kommt. *Ok, ok, come on, bye bye!* Sie ahmt eine Art militärischen Gruß nach, die Hand an der Stirn, den anderen Arm an den Körper gepresst und dabei tänzelt sie leicht.

Immer ruft ihr jemand zu:

„Sag' Massouda, unter den Amerikanern sind welche, die genau so schwarz sind wie du! Schwarz wie Oliven! Bist du sicher, dass das nicht deine Vettern sind?"

Alle lachen gutmütig. Lalla Ghita tut so, als schimpfe sie sie aus.

„Schweigt, ihr setzt ihr nur Flausen in den Kopf! Sie ist imstande, in einen *Jeep* zu steigen und mit ihnen nach Amerika abzudampfen."

Die winzige *Dadda* ist verwirrt.

„*Ouili, ouili,* Lalla, bin ich etwa in einem Alter, wo man in einen Wagen steigt?"

„Seht nur, wie mir dieses böse Mädchen antwortet! Genau das habe ich mir gedacht. Wenn sie gelenkig genug wäre, in einen *Jeep* zu steigen, hätte sie uns einfach sitzen lassen und wäre *Mirikaniyya* geworden!"

„In Amerika werde ich niemals einen Herrn wie den seligen *Hadj* und eine Lalla wie dich finden."

Gerührt wendet sich Lalla Ghita an die Versammelten.

„Nun, ihr bösen Zungen, freut euch: Am Ende zieht uns Massouda ihren schwarzen Vettern vor."

Doch diese fröhlichen Momente sind selten. Die meiste Zeit scheint ein Schleier aus Schweigen oder Trauer den *Riad* der *Rue du Hammam* zu überziehen: Alle denken an Tayeb, von dem es keine Nachricht gibt. Sie befürchten das Schlimmste, trauen sich aber nicht, darüber zu reden, um das Schicksal nicht herauszufordern.

Lalla Ghitas Sohn ist nicht in Italien gestorben und auch nicht in Frankreich, wo er nach seiner furchtbaren Verletzung vom Monte Cassino mehrere Monate Rekonvaleszenz verbrachte. Mehrmals wechselte er das Krankenhaus. Sie flickten seine „zerbrochene Schnauze", so gut sie konnten, doch nichts konnte seinem Blick Lebhaftigkeit und Glanz wiedergeben. Mit vierzig Jahren hatte Tayeb sein Gedächtnis vollkommen verloren. Er wusste nicht mehr, wer er war, er wusste nicht, was er unter diesen weißen Laken zu suchen hatte, in diesem Saal, der nach Medikamenten und Kresol roch.

Nach dem Krieg war er dann nach Marokko zurückgekehrt. Genauer gesagt, die Armee hatte diesen Marokkaner ohne Gedächtnis zusammen mit anderen Ruinen zurückgeschickt. Während der Schiffsüberfahrt blieb er auf seiner Liege liegen, verstört, schweigend.

In Marokko suchte man vergebens nach seiner Familie. Als er sich in der französischen Armee verpflichtet hatte, hatte er den ganzen Namen angegeben: Tayeb *ben el hadj* Fatmi *ben* Mohammed Laaroussi Al Fassi. Der zuständige Beamte hatte mit den Achseln gezuckt und „Tayeb Fatmi" ins Register eingetragen. Merkwürdigerweise hatte er als Geburtsort Fes angegeben, dabei glaubte er doch in Marrakesch geboren worden zu sein – er wusste ja nichts von seiner anonymen Geburt in Agadir. Vielleicht hatte er die Frage nicht verstanden? Vielleicht wollte er die Fährte verwischen, damit nicht herauskam, dass er in Abdelkrims Armee gegen die Franzosen gekämpft hatte?

Wie auch immer: Er war im Krankenhaus El Jadida untergebracht worden, bis die Behörden seine Familie aufspüren würden. Da es sich ewig hinzog, vergaßen sie ihn schließlich in seinem Zimmer, wo er den ganzen Tag auf einem Stuhl sitzend oder auf dem Bett liegend verbrachte. Er war so ruhig, dass sie nicht einmal die Tür zu seinem Zimmer schlossen.

Eines Abends stand er auf und verließ das Zimmer. Mit klopfendem Herzen ging er bis zum Eingang des Krankenhauses. Der Pförtner gab dem Fahrer eines Lastwagens Anweisungen, der mit laufendem Motor die Einfahrt blockierte. Tayeb schlüpfte in die Pförtnerloge und verließ sie durch eine zweite Tür, die direkt auf die Straße führte. Er ging geradeaus.

Die Krankenhausverwaltung stellte sein Verschwinden fest und informierte die Militärbehörde. Die machte ein paar Anstrengungen, den verschwundenen Soldaten zu finden, aber umsonst.

Der Fall wurde zu den Akten gelegt.

Als Lalla Ghita Anfang der Sechziger Jahre verstarb, verließen ihre Kinder Marrakesch und ließen sich in Casablanca nieder, der aufstrebenden Stadt, in der Industrie und Handel aufblühten. Der *Riad* ging an entfernte Verwandte, die Dadouchs.

Und Massouda?

Als sie ihre letzte Stunde kommen sah, verlangte Lalla Ghita mit schwacher Stimme nach derjenigen, die ihre Sklavin gewesen war und zu ihrer Freundin, ihrer Vertrauten, ihrem Trost geworden war. Sie tastete nach Massoudas Arm und ergriff ihn.

„Ich will, dass du mir etwas versprichst", murmelte sie.

„Was immer du willst, Lalla."

„Bleib' hier in diesem Zimmer, bleib' wochenlang, jahrelang, bis Tayeb wiederkommt. Er darf die Tür nicht verschlossen vorfinden. Die Christen haben ihn uns genommen, sie werden ihn uns wiedergeben. Schwör' mir auf den Koran, dass du in diesem Zimmer bleibst, bis *uns* die Christen *unseren* Sohn wiedergeben."

„Ich schwöre es", murmelte Massouda weinend.

Sie beugte sich nieder und flüsterte der Sterbenden ins Ohr:

„Was auch immer geschieht, ich werde mich nicht aus diesem Zimmer bewegen, solange die Franzosen Tayeb nicht wiedergebracht haben."

Lalla Ghita schloss die Augen und verschied.

Als sie ihre Leiche zur Inhumierung holten, waren sie beunruhigt, die kleine schwarze Frau, die letzte Gefährtin Lalla Ghitas nicht vorzufinden. Tagelang suchten sie nach ihr, doch es war vergeblich.

Massouda war im *Riad* geblieben, ohne dass es jemand bemerkt hatte.

DRITTER TEIL

DIE RÜCKKEHR

1

Habt ihr denn nichts begriffen?

Es war wieder Stille eingekehrt in das Hotelzimmer, in dem sich François und Cécile abwechselnd das Manuskript vorgelesen hatten. Sie hatten einen Teil der Nacht damit verbracht, fasziniert, manchmal nachdenklich, manchmal amüsiert; einige Absätze hatten sie mehrmals gelesen und laut ausgerufen ... François streckte sich und sah sich um, er blinzelte, als habe er Schwierigkeiten festzustellen, wo er war; dann stand er vorsichtig auf und blieb unentschlossen stehen. Cécile murmelte:

„Komisch, es kommt mir vor, als habe ich einen Film gesehen, einen langen Film. In Schwarzweiß. Was für eine Story!"

„Ja, es ist ... es ist *heftig*. Ich finde das passende Wort nicht."

„Glaubst du, er hat es selbst geschrieben?"

„Wo ein Geist ist, kann auch ein zweiter sein, er hat vielleicht den Geist eines Schriftstellers in *seinem* Haus. Also ich kann mir gut einen aus den Zwanziger oder Dreißiger Jahren vorstellen, wie er Jahre im Fegefeuer von Marrakesch verbringt, mit der Schreibfeder in der Hand, als Ghostwriter eines Marokkaners."

Sie lächelte und erhob sich dann ihrerseits gähnend.

„Los, ab ins Bett. Morgen werden wir klarer sehen."

Am nächsten Tag riefen sie Mansour an und verabredeten sich mit ihm im Hotel, um ihm das Manuskript zurückzugeben. Er erklärte, dass er an der Universität zu tun hatte – die Studenten streikten immer noch, man wusste nicht genau, was tun, die Verwaltung „tagte ohne Unterlass".

(„Hat er wirklich diesen Ausdruck benutzt?"

„Es klingt wie ein Tagungsbericht aus dem Parlament.")

Er würde sich abends im *Riad* mit ihnen treffen.

Als er gegen neun Uhr abends eintraf, bemerkte er, dass die Tür unverschlossen war. Er schob sie auf, trat in den Gang und sah sie im *Bouh* sitzen und Zeitung lesen.

François hob den Blick. „Haben Sie das gesehen? Hier kann man sogar den *Canard Enchaîné* finden."

„Viel Spaß beim Lesen. Ist sie immer noch da?"

„Schauen Sie doch nach."

Er betrat die kleine Kammer und kam nicht wieder heraus. Sie gingen nachsehen und trafen ihn neben der alten Dame sitzend an, den Kopf zu ihr niedergebeugt.

„Übrigens ... Kompliment!", sagte ihm Cécile. „Sie können schreiben. Nein ehrlich, es ist ... es ist sehr stark. Und nicht ein einziger Schreibfehler!"

„Danke", antwortete Mansour. „Ich habe ein sehr gutes automatisches Korrekturprogramm im Computer."

Er sah sie mit einem amüsierten Blinzeln in den Augen an.

„Ja, es ist wirklich sehr gut", bestätigte François und schob seinen langen Körper in das kleine Zimmer. „Sie könnten versuchen, es an einen Verleger zu schicken. Man kann nie wissen. Im Übrigen: Sie haben uns schön hereingelegt. Die Masche mit ‚Ich spitze die Ohren, ich höre Dinge, die ihr nicht hört ...' Alle diese Einzelheiten, diese Daten, diese Namen ... Selbstverständlich hat die alte Dame nichts gesagt, Sie haben das alles erzählt. Sie haben doch gesagt, dass Sie Geschichtsprofessor sind?"

Abarro lächelte und schwieg. François fuhr fort: „Doch wir wollen gute Verlierer sein: Welche Abenteuer! Ich schäme mich zu gestehen, dass ich so gut wie nichts von alledem wusste ..."

„Na ja", unterbrach ihn Cécile, „wir hatten doch aber von Abdelkrim gehört."

„Ja, vor allem doofe Sprüche wie *Abdel kriminell.*"

Cécile beharrte auf ihrem Punkt: „Nein, nein ... wir wussten ein wenig über den Rifkrieg. Und wir wissen auch, dass es nordafrikanische Soldaten in der französischen Armee gab. Vor ein paar Jahren ist dieser Film mit Jamel Debbouze herausgekommen ..."

„*Tage des Ruhms?*"

„Ja genau, mit dem anderen Schauspieler, dem schönen Mann da ..."

„Ja sicher, doch ... das alles, die ganzen Verwicklungen! Es ist so enorm, so komplex ..."

„Das stimmt", musste Cécile zugeben.

Sie wandte sich an Mansour: „Wie François bereits sagte: Bravo für das Täuschungsmanöver. Ich bin sicher, Sie hatten das Manuskript seit Monaten, seit Jahren. Es ist fast eine geschichtliche Abhandlung. Wir könnten uns ärgern, doch, na ja, es ist ja keiner dabei umgekommen, wie man so sagt. Das Rätsel bleibt ungelöst."

Sie gähnten gleichzeitig. François seufzte: „Gut, gehen wir schlafen. Ich bin kaputt. Wir haben wegen Ihres Manuskripts gestern Nacht kaum geschlafen."

„Und die alte Dame?"

Alle drei wandten den Blick zur kleinen reglosen Gestalt in der Ecke. Cécile flüsterte: „Träume ich oder ...", sie suchte nach Worten. „Man kann sie kaum noch sehen! Sieht aus, als würde sie verschwinden."

„Das ist eine optische Täuschung", behauptete François unsicher. „Das Licht ..."

„Sieht aus, als schrumpfe sie!"

„Aber nein, das bildest du dir ein ..."

„Gut, aber was machen wir mit ihr?"

„Wir kümmern uns morgen darum. Es muss doch eine Erklärung für ihre Anwesenheit geben, eine, äh, rationale Erklärung ..."

„Ach so, es gibt also Erklärungen, die das nicht sind?"

François zuckte die Achseln.

„Offen gesagt, jetzt geht es nicht darum, Haarspalterei zu betreiben. Wir sind nicht in einem Philosophiestudiengang."

„Also, du sagtest ..."

„Ich sagte, dass wir uns nicht in *Tausendundeiner Nacht* befinden, auch wenn unser Freund hier ‚Scheherazade' ist! Alles lässt sich auf die eine oder andere Weise erklären. Vielleicht ist es ein Streich oder eine Touristenfalle ... Genau, wir suchen den französischen Konsul auf. Ich hab' irgendwo gesehen, dass es einen in Marrakesch gibt."

„Wie dumm von uns, da haben wir vorher nicht einmal dran gedacht", seufzte Cécile. „Der muss solche Situationen doch kennen. Wie spät ist es?"

François sah auf die Uhr.

„Halb zehn. Es lohnt sich nicht, ins Hotel zurückzukehren. Wir können ja auch hier übernachten."

„Aber nicht in diesem Zimmer!"

Während dieses Wortwechsels hatte Mansour Abarro die beiden Franzosen stirnrunzelnd betrachtet, als erstaune ihn ihr Verhalten im höchsten Maße. Er schüttelte den Kopf und trat aus dem kleinen Zimmer. François und Cécile folgten ihm in den Garten. Als er an der Tür des *Riad* angelangt war, wandte er sich um und flüsterte irritiert:

„Habt ihr denn nichts begriffen?"

François und Cécile sahen sich an.

„Was begriffen? (Warum regt der sich denn so auf?)"

Bevor er in der Nacht verschwand, wandte sich Abarro um und sagte immer noch im Flüsterton: „Ich habe *nichts* erfunden. Sie ist Massouda und sie will, dass *ihr* Tayeb wiederbringt."

2.

Ein Besuch beim Konsul

Der Konsul empfing sie sofort in seinem Büro in der *Rue El Jahed,* nachdem ihn seine Sekretärin auf die Anwesenheit zweier Franzosen im Erdgeschoss aufmerksam gemacht hatte „die sehr aufgeregt wirkten" und darauf bestanden, ihn zu sehen.

(„Wie sehen sie denn aus, Amina?"

Die Sekretärin hatte nicht gewusst, was sie antworten sollte: „Tja, ... sie sehen aus wie ... Franzosen."

„Soso. Na gut, holen Sie sie her."

Bloß keinen Ärger, keinen Ärger ...)

Die Sekretärin führte sie in einen großen Raum mit von orientalistischen Bildern geschmückten weißen Wänden und einer vielfarbigen, holzgetäfelten Decke. Sie sahen einen gepflegt gekleideten kleinen Mann, glattrasiert und geschniegelt, mit einer höflichen, aufmerksamen Miene auf sich zukommen. Er drückte ihnen die Hand, fragte nach ihren Namen, äußerte lächelnd ein paar Banalitäten („Früher in Toulouse habe ich auch mal einen Girard gekannt ..."), dann bedeutete er ihnen, sich in zwei tabakfarbenen Clubsesseln niederzulassen. Er thronte hinter einem großen Empire-Schreibtisch, überhäuft mit Akten und verschiedenen Papieren und hörte seinen beiden Landsleuten ohne Unterbrechung zu, als sie ihre fantastischen Erlebnisse aus der *Rue du Hammam* erzählten. Mit gesenktem Blick und als Zeichen von Konzentration gerunzelter Stirn, stieß er von Zeit zu Zeit ein vages *Mmmmm...* aus, um ihnen zu bedeuten, er habe das Gewicht oder die Bedeutung dieser oder jener Wendung verstanden, die sie ihm empört berichteten; er fühle mit ihnen bezüglich der Seltsamkeit des Lebens im Allgemeinen und ihrer *marrakschi* Auswirkungen im Besonderen; er fände einen Hmoudane ganz und gar glaubhaft; seinen Fall schlimm; er sei wie sie machtlos angesichts der Tendenz der Dinge, sich manchmal nicht geradeheraus zu entwickeln; der Dacia sei eindeutig ihr Wagen; man solle sich vor den lokalen Historikern hüten, die zu gut Französisch sprechen; man habe eindeutig keine Hundertjährige in einem *Riad* gekauft. Er drehte unaufhörlich einen gespitzten Bleistift zwischen seinen Fingern, hob ihn manchmal zu den Augen, um sich zu vergewissern, dass es wirklich ein Bleistift war, dass er sich nicht in eine Kobra oder eine Rauchschwade verwandelt hatte, denn was er da zu hören bekam, konnte einen ja wirklich an dem zweifeln lassen, was einem seine fünf Sinne sagten, nicht wahr?

François und Cécile redeten eifrig, unterbrachen sich gegenseitig, beendeten die Sätze des jeweils anderen, glücklich darüber, von Frankreich angehört zu werden, von all den ihnen zugebrummten *Mmmmm*... ermutigt, als seien es Bestätigungen, dass sie eben nicht verrückt geworden waren, dass Recht und Justiz auf ihrer Seite waren, dass alles gut werden würde – und dass der Tag kommen werde, an dem sie schließlich über all das lachen könnten. („Erinnerst du dich, in Marrakesch, diese verrückte Sache, die uns da passiert ist?“)

Als sie fertig waren, wartete der Konsul einen Augenblick ab, die Augen immer noch auf dem Bleistift, als werde dort gleich ein *Dschinn* herausspringen, dann hob er langsam den Blick zu dem Ehepaar, räusperte sich und fragte gelassen:

„Was genau erwarten Sie von mir?“

Es wurde still. Cécile reagierte als Erste:

„Aber ... dass Sie unser Problem lösen!“

Der Konsul lächelte ein wenig müde.

„Glauben Sie, das ist meine Aufgabe?“

François meldete sich entschieden zu Wort:

„Natürlich ... wir sind doch Franzosen!“

Er nickte.

„Sicher. Im Übrigen gibt es in Marrakesch zehntausend Franzosen, ohne die mit doppelter Staatsbürgerschaft einzurechnen, sowie auch Belgier zum Beispiel und diejenigen, die sich nicht die Mühe machen, sich im Konsulat einzuschreiben. Sie stellen sich doch nicht etwa vor, es sei meine Aufgabe, *alle* Probleme dieser Menschenmenge zu lösen?“

In ihren Augen las er eine Frage, die sie nicht zu formulieren wagten, die ihnen aber auf den Lippen brannte („Aber Kruzifix, wozu sind Sie denn sonst da?“), und fügte rasch hinzu:

„Meine Tür steht Ihnen offen, suchen Sie mich auf, wenn Sie ein Probl..., – eine wie soll ich sagen? – konsularische Sorge haben, zum Beispiel wenn Sie Ihre Pässe verlieren.“ Er wechselte zu einem lehrerhaften Ton, der François irritierte. „Da Sie sich hier niedergelassen haben, bin ich für Sie eine Art Bürgermeister und zugleich *Sous-préfet*, aber es gibt einen entscheidenden Unterschied zu einem Préfet auf französischem Territorium: Ich verfüge nicht über Ordnungskräfte. Selbst wenn ich es wollte, könnte ich Ihren ... äh... Eindringling nicht *Manu Militari* abführen.“

Ein Engel schwebte durch das Zimmer, während sich die drei Franzosen zu gleicher Zeit dieselbe Frage stellten: „Gibt es eine weibliche Form von *Eindringling*? Vielleicht *Eindringlingin*?“

Der Konsul fuhr mit seinem Vortrag fort:

„Die Texte besagen, dass ich Ihnen gegenüber eine Verpflichtung zu Unterstützung und Schutz habe, doch ich wiederhole, was Sie da von mir zu verlangen scheinen, ist mir ganz und gar unmöglich. Vergessen Sie nicht, dass wir uns im Ausland befinden. Befreundet, aber dennoch Ausland."

Er hüstelte.

„Wenn Sie jedoch die Justiz bemühen wollen, kann ich an einem ganz bestimmten Punkt eingreifen: Gemäß der Wiener Konvention zum konsularischen Schutz werde ich den rechtmäßigen Ablauf jeglicher Prozedur überwachen, in die Sie einbezogen sind."

Er bremste sich, um nicht hinzuzufügen: „Ich kann Sie sogar im Gefängnis besuchen", ein alberner Satz, der sich in seinem Kopf gebildet hatte und den er schnell aus seinem Hirn verscheuchte.

Bloß keinen Ärger, keinen Ärger ...

François und Cécile verabschiedeten sich kurz angebunden. Sie gingen auf den Jemaa-el-Fna-Platz ins Restaurant Argana einen Sandwich essen. Cécile fragte ihren Mann:

„Kennst du die Geschichte von Paul Claudel in Tientsin?"

„Nein, erzähl' mal."

„Claudel ist also Konsul in Tientsin, ich weiß nicht mehr in welchem Jahr, sagen wir Anfang des Jahrhunderts, in den 1900er Jahren ... Nachdem er sich eingerichtet, seine Bücher eingeräumt, seine Kollegen besucht und die Stadt erkundet hatte, nach mehreren Wochen also, begann er unruhig zu werden: Paris scheint ihn vergessen zu haben. Er schickt ein Telegramm und bittet um Anweisungen. ‚Was soll ich tun?', fragt er. Sofort erhält er eine Antwort in Großbuchstaben vom Quai d'Orsay: ‚VOR ALLEM UNTERNEHMEN SIE NICHTS!' "

Sie lachten herzlich, als wollten sie sich an ihrer Niederlage rächen.

„Sie haben dem Konsul von Marrakesch bestimmt das Gleiche gesagt ..."

„Hast du gesehen, wie sauber und gelackt er ist?"

„Er ist Frey mit dem Schopf ...“

„Ein Kollege von Claudel, den man hier seit einem Jahrhundert vergessen hat, ...“

„Kennst du das Axiom des Quai d’Orsay?“

„Nein ...“

„Um ein guter Diplomat zu werden, reicht es nicht, dumm zu sein. Man muss auch höflich sein.“

Ihr Gelächter fällt dem Besitzer des Argana auf, der auf die Terrasse kommt, um zu sehen, was los ist.

Ach so, bloß Touristen, die einen Joint zuviel geraucht haben ...

3.

Das Gerücht zieht Kreise

Nach einer zehn Mal wiederholten Einladung zogen François und Cécile schließlich aus dem Hotel aus und ließen sich bei Mansour Abarro nieder, der alleine mit seinen Katzen lebte. Nach einigen Wochen mieteten sie eine winzige möblierte Wohnung im Guéliz-Viertel, um die Dinge „auf sich zukommen zu lassen", wie François mit leicht forcierter Fröhlichkeit zu sagen pflegte.

„Eher doch um die Dinge ‚ausziehen zu lassen'", antwortete Cécile eines Tages.

„Wer soll ausziehen?"

„Na ... *sie*!"

Die Tage vergingen. Um des lieben Friedens Willen versuchten sie den *Riad* zu verkaufen, doch ohne Erfolg, denn ein wildes Gerücht hatte sich wie eine Kreuzkümmelfahne in Marrakesch verbreitet: in der Nummer 7 der *Rue du Hammam* spukte es ...

„*Astaghfiru'llah!* Wer denn?"

„Die Seele einer ehemaligen Sklavin!"

„Gott schütze uns!"

Die Interpretationen wurden immer zahlreicher und wuchsen so schnell an wie die Erfindungen, die Vermutungen und die Wahnvorstellungen. Die einen behaupteten, jene *Dadda* sei ehemals zur Strafe für einen kleinen Diebstahl in einen Tonkrug gesperrt worden; man habe sie dort vergessen und sie sei erstickt (*meskina!*); seit jenem dunklen Tag forderte ihr Geist die Bestrafung der Schuldigen.

Andere meinten, es handele sich um die ureigenste Seele des *Riad* (warum sollen Häuser keine Seele haben?), die einen Körper angenommen hatte, um den Christen, den neuen Besitzern, Achtung vor den Generationen aufzuzwingen, die an diesem Ort aufeinander gefolgt waren – und darüber hinaus sollten sie der Stadt, dem Land, dem Volk Achtung entgegenbringen.

„*Wa*, stimmt doch, wie? Wir sind nicht mehr zu Hause."

„Die Franzosen sind hier willkommen, aber sie müssen unsere Bräuche respektieren ..."

„... und unsere Moral ..."

„... und die Religion! *Ma t'n'sawch* die Religion!"

(Diskussionen um diese Themen wurden schnell hitzig.)

Ein paar starke Geister in der Neustadt wandten sich gegen diese Hirngespinste ...

„*Ch'nou?* Geister im Zwanzigsten Jahrhundert?"

„*War ah* wir sind bereits im Einundzwanzigsten."

„*Wa ghir* die Macht der Gewohnheit."

... sie behaupteten, die Greisin sei eine arme alte Frau ohne Familie, die sich beim Auszug der Besitzer unbemerkt dort eingerichtet hatte; sie brauchte nur in den *Riad* zu schlüpfen, als der Immobilienmakler „besichtigen ließ" – sicher hatte er die Eingangstür nicht verschlossen. Jeder hatte eine ähnliche Geschichte zu erzählen, so dass man hätte meinen können, jedes Haus in Marrakesch habe einen eigenen jahrzehntealten Eindringling.

Der Korrespondent von *La Nation islamique* behauptete, die ganze Sache sei eine reine Erfindung der beiden Franzosen („die falschen Eheleute Girard"), um „Unruhe zu säen", – ein Ausdruck, der ihm zu gefallen schien, denn er kam noch mehrmals in seinem Artikel vor. Die beiden Abenteurer – wahrscheinlich Geheimagenten, wenn sie nicht Gesandte des

Satans oder, warum nicht, beides zugleich waren –, die beiden Abenteurer also hatten selbst den (weiblichen) Eindringling in das Haus geschafft, mit dem offensichtlichen Ziel „Unruhe zu säen“ in unserer ehrenhaften Stadt Marrakesch, die „seit ewigen Zeiten“ bekannt ist für die Frömmigkeit ihrer Einwohner – er verdarb den schönen Satz ein wenig, weil er „seit Youssef Ibn Tachfin“ hinzufügte. Der Beweis war unwiderlegbar: Das „hinterlistige“ Manöver der falschen Eheleute Girard war Teil des „üblen westlichen Komplotts“, der in seiner berberisch-zionistischen Variante „Unruhe säen“ sollte in den Herzen der wahren Gläubigen, sie vom rechten Weg abbringen und aus ihnen Schweinefleisch essende Atheisten machen sollte. Als Schlussfolgerung tönte er im letzten Absatz seines Artikels, welchselbiger Absatz fett und tiefschwarz daherkam wie eine Offenbarung im Trauergewand; als Schlussfolgerung tönte er, und man konnte sich ihn mühelos mit wehendem Bart und erhobenem Zeigefinger vorstellen; als Schlussfolgerung wetterte er, dieses teuflische Ränkespiel habe, wenn man es reiflich überlegte, nur ein Ziel: „Unruhe säen“.

Der *Matin du Sahara* ging soweit nicht. Wenn man die ausschweifende Prosa las, spürte man, dass der *marrakschi* Korrespondent des hehren Blattes, der für sein umsichtiges Vorgehen bei jedem, das Königreich erschütternden Ereignis bekannt war, sich ein wenig unbehaglich fühlte. Sein Artikel hatte die Überschrift „Vernunft wahren“ – ohne dass man verstehen konnte warum – und bestand aus zwei Teilen. Vorab erinnerte er daran: Wir brauchen die Touristen und die Milliarden Devisen, die sie einbringen; wir haben unsere Tradition der Gastfreundschaft und der Offenheit gegenüber dem Anderen (es wurden tausend Beispiele angeführt); wir werfen nicht den ersten Stein; und auch nicht den zweiten; oder den dritten; aber hallo; falls der Teufel drinsteckt; haben unsere Gäste, die

Touristen, nicht auch die Pflicht, sich ein wenig zurückzuhalten? Was hat diese beiden geritten, dass sie Geister aufstöbern mussten?

Der Korrespondent der kommunistischen Zeitung lieferte ein Lehrstück an marxistischer Analyse der Ereignisse. Dort wurde die Welt – aufgeteilt in die „Basis“ und den „Überbau“ – erklärt, der „Aberglaube“ als Opium des Volkes entlarvt (seit dem Aufschwung des Islamismus traute sich keiner mehr, in diesem Zusammenhang von „Religion“ zu sprechen), die Sklaverei als abscheulichste Form der Ausbeutung des Menschen durch den Menschen beschrieben, danach ein paar Aphorismen von Lenin oder Gramsci, die sich offensichtlich auf die Sache in der *Rue du Hammam* bezogen. Das Ganze lief auf eine Schlussfolgerung hinaus, die umso unwiderlegbarer war, als man sie auf Seite 17 suchen musste, denn eine Spalte auf der ersten Seite war zu kurz für die gesamte Argumentation. Seite 17 also, nach der Sportseite und dem Frauenmagazin, nach den Verlockungen des Sudoku auf Seite 12 und nach den Witzen in den Leserbriefen der Jugend, erfuhr man endlich, dass die Sache in der *Rue du Hammam* nur ein Täuschungsmanöver war – so lautete übrigens auch die Überschrift des Artikels: „Das Täuschungsmanöver“ –, eine Attrappe, eine Falle, eine Nebelwand – der Korrespondent der kommunistischen Tageszeitung war bekannt für seinen umfangreichen Wortschatz und schreckte nicht vor Redundanz zurück –, mit dem Ziel, die Aufmerksamkeit von einer Episode des Klassenkampfes in den Vorstädten von Marrakesch abzulenken: Die Arbeiter der Zementfabrik streikten.

Das Fernsehen unterschied sich von allen anderen Medien: Es erwähnte die Sache gar nicht. Die Programmdirektoren, die unter den Zügeln der Reiterspiele von Hassan II. grau geworden waren – eine vergangene Epoche, die aber noch in manchen Köpfen herumspukte ... – die Programmdirektoren waren schlau wie Sioux-Indianer und schwiegen im Chor in allen Sprachen des Königreichs. Marrakesch? Französische Touristen? Ach du meine Güte, es ist dringend geboten, abzuwarten. Woher weht der Wind? Welche Melodie wird gespielt? Also schwiegen sie. Sie glaubten einem Befehl „von oben", der gleich erfolgen musste, vorauseilend zu gehorchen; wir warten darauf, es geht bestimmt bald los, das Telefon wird gleich klingeln – ein umso zwanghafter Befehl, als er nie eintraf und so zu etwas Unnennbarem wurde; denn wer würde es schon wagen, das Unausgesprochene zu leugnen, wenn der Schweigende Sie-wissen-schon-wer ist?

Die einfachen Leute, die Spaziergänger in der *Rue Mohammed V*, hatten jeder eine eigene Version, die sie bei Treffen mit Freunden entlang des Weges gerne tauschten gegen aufregendere Versionen – Freunde, Familie, flüchtige Bekanntschaften, alles verknüpfte sich zu Synapsen – so dass am Anfang der großen Straße, auf der Höhe der *Koutoubia*, anfangs hundert Versionen auftauchten; sie verkümmerten beim Kontakt miteinander, wenn es ihnen an Kraft fehlte, und verschwanden in einem letzten Seufzer oder einem letzten Aufbäumen; oder aber sie blühten auf, weil sie erstaunlicher waren, schmackhafter als ihre momentanen Rivalinnen, ihre Konkurrentinnen im vorübergehenden Kontakt; auf diese Weise blieb am Ende der Allee, auf der Höhe der *Place du 16 Novembre* durch natürliche Auslese nur die außergewöhnlichste Version übrig, übertragen wie ein Virus, von Mensch zu Mensch getragen, jeder war da eigentlich nur eine Leitung, ein Träger im Dienst der Universellen Idee, die – nun endlich enthüllt! – das Ziel des Hinwegs auf der Königsallee war, das Omega der köstlichen Thrills. Doch die Menge zirkulierte in beide Richtungen der Avenue, was bedauerlich ist für jene, die glühende Einstimmigkeit der Meinungen und Ansichten anstreben, denn auf dem Rückweg, das heißt von der *Place du 16 Novembre* bis zur *Koutoubia*, entstand, wuchs, verschönerte sich auf ähnliche Weise eine andere Version, die mindestens genauso außerordentlich war wie jene, die zwischen der *Koutoubia* und dem *16 Novembre* angeschwollen war; und am Ende des Tages hatten zwei Versionen überlebt, zwei Religionen, die entstanden waren, eine auf dem Platz, weitab vom Tempel, also profan, aber vertreten durch eifernde Frömmler; die andere in der Moschee mit Zeugen, die bereit waren, ihr Leben dafür zu geben.

Wenn man sie mit Fragen bedrängte, waren sich alle einig, dass nur Gott die Wahrheit kennt. Doch niemand stellte die unleugbare Tatsache in Frage: In dem Haus spukte es. Kommissar Chaâbane konnte das bezeugen; besser gesagt sein Arm, der schlaff an seinem Körper herabhing, war der eher tote als lebende Beweis für das, was man um ihn herum raunte. Auch auf das (so sagte man) in einer einzigen Nacht ergraute Haar wurde mit Fingern gezeigt: die Professoren der Naturwissenschaft an der Universität Cadi-Ayyad konnten dem gemeinen Volk noch so oft erklären, dass das unmöglich war, dass es das noch nie gegeben hatte. Das immer gemeiner werdende Volk beharrte steif und fest darauf, sowohl auf der *Place du 16 Novembre* als auch auf der *Koutoubia,* dass die kommissarische Haarpracht diese augenblickliche Metamorphose durchgemacht hatte – und wenn es so etwas in anderen Breitengraden noch nie gegeben hatte, bewies das genau was? Es bewies einzig und allein, dass Marrakesch einzigartig war – haben Sie je daran gezweifelt? – und wir waren stolz auf unsere Gespenster, die es denen der Schotten gezeigt hatten – bah, Schottland ... Selbst diejenigen, die weder Chaâbane noch sein Haar jemals vor diesem verhängnisvollen

Tag gesehen hatten, als er dem Ehepaar bis in den *Riad* gefolgt war, *sahen* dennoch ganz genau seinen rabenschwarzen Schopf, als er die Tür aufdrückte. Und was sagte der Kommissar selbst? Nun, wenn man ihn ansprach, antwortete der arme Mann nicht. Er war vorzeitig in den Ruhestand gegangen – oder vielleicht war er auch gegangen worden ... – und verbrachte seine Tage nunmehr in einem erbärmlich stumpfsinnigen Zustand in einer Ecke der *Koutoubia*, auf einer Matte sitzend und ins Leere starrend. Vielleicht betete er ja für sein Seelenheil, falls er überhaupt eine Seele hatte.

Wie alle anderen Immobilienmakler weigerte sich Hmoudane, den Verkauf des *Riad* zu übernehmen.

„*Baâdou menni!*", schrie er, sobald er François und Cécile erblickte, und reckte beide Arme nach vorne, als wolle er den Angriff von Ektoplasma abwehren.

Die beiden Franzosen waren mittlerweile soweit mit dem marokkanischen Dialekt vertraut, dass sie verstanden, was es bedeutete: „Haltet euch fern von mir!"

François versuchte zu verhandeln:

„Wir sind bereit, Geld bei dem Verkauf zu verlieren ..."

„*Baâdou menni!*"

„Wir geben Ihnen 10% ..."

„*Baâdou menni!*"

Andere hätten den Mut verloren, auch sie waren versucht, alles stehen und liegen zu lassen und nach drei Flugstunden wieder in „die Stadt der Liebe" und zu ihrem kostbaren Blick auf den Park von Belleville zurückzukehren. Besser jene Eintönigkeit als diese haarsträubenden Abenteuer im Land der Mauren! Dennoch entschlossen sie sich, in Marrakesch zu bleiben, um der Sache auf den Grund zu gehen. Die lange Erzählung von Mansour Abarro hatte sie mehr aufgewühlt, als sie zugeben wollten, und so zogen sie durch die Buchläden der Stadt und kauften Bücher zur Geschichte Marokkos. Sie interessierten sich vor allem für das Zwanzigste Jahrhundert und die Zeit des französischen Protektorats. Bald war die kleine Wohnung in Guéliz vollgestopft mit Büchern, Broschüren, alten Zeitungen, vergilbten Postern. Sie hatten Zeit zu lesen, ihre Eindrücke auszutauschen, Mansour zu Einzelheiten bezüglich dieser oder jener Person zu befragen.

Schnell wurde es zur Leidenschaft. Sie kauften Traktate und Monographien, Karten und Portulane, häuften Fotokopien an von Texten, die sie nicht kaufen konnten, machten sich hunderte Notizen in kleine Blöcke. Sie reisten mehrmals zwischen Frankreich und Marokko hin und her, suchten im Château de Vincennes nach alten Dokumenten aus den Armeearchiven. Sie erfuhren von einem Händler in der Nähe der Métro Mouton-Duvernet, der auf Insignien und Orden Kolonialfrankreichs spezialisiert war. Sie kauften alles auf, was einen Bezug zu Marokko hatte.

Von Zeit zu Zeit gingen sie zu Mansour Abarro zum Abendessen. Inzwischen wussten sie alles über die Dynastien, die zwischen Atlantik und Atlas aufeinander gefolgt waren. („Man muss unterscheiden zwischen den großen Berberdynastien, den Almoraviden und Almohaden, den scherifianischen Reichen, denen der Saâdier und der Alawiten ...") Mehr noch wussten sie über die militärischen Annalen des Rifkrieges. Manchmal spielte sich schnell vor der Verabschiedung ein kleiner Sketch, ein Austausch von Sätzen zwischen François und dem Gastgeber ab. Es war immer eine Version des gleichen Dialogs:

„Nun, ist *sie* noch da?"

„Immer noch."

„Wer ernährt sie?"

„Du weißt doch genau, dass das ein Rätsel ist.“ (Die beiden Männer duzten sich nun).

„Gib zu, dass du es bist.“

„Wenn es dir Spaß macht, aber es stimmt nicht.“

„Eine Nachbarin?“

„Die Einzige, die gewagt hat, in den *Riad* vorzudringen, ist bereits am ersten Tag abgehauen, das weißt du doch, und sie hat sich nie mehr dorthin getraut.“

„Warum denn? Die alte Dame ist harmlos.“

„Mit einem Geist zusammenleben? Da kennst du unser gutes Volk schlecht. Außerdem: Ihr wolltet doch auch nicht im *Riad* übernachten ...“

Die beiden Franzosen machten es sich zur Gewohnheit, in einem Restaurant zu Abend zu essen, das nahe am Jemaa-el-Fna-Platz auf der Terrasse eines alten Hauses eingerichtet war. Nach dem Essen verweilten sie auf der Terrasse, halb liegend auf weichen, am Boden gelagerten Kissen. Die Augen auf die unendliche Weite des Sternenhimmels gerichtet, murmelten sie ein paar Worte, fast wie zu sich selbst, antworteten oder schwiegen, manchmal schliefen sie ein und der Besitzer musste sie wecken. Das Restaurant schloss. Sie gingen in der warmen Nachtluft zu Fuß nach Hause.

„Erinnerst du dich, François, als ich die alte Dame im Hinterzimmer, eh..., gefunden habe?“

„Ja?“

„Du und ich, wir haben sofort an eine Art Hausbesetzung gedacht ... Der Konsul sprach von Eindringling ...“

„Ja, und?“

Cécile zögerte.

„Ist dir eigentlich klar, dass wir die Eindringlinge waren?“

Sie beschloss, Mansours Erzählung zu Ende zu führen. Schließlich war sie ja mit der Absicht zu schreiben nach Marrakesch gekommen. Vielleicht war die Ausmalung dessen, was Tayeb nach seinem Verschwinden passiert war, der Anfang eines Romans. François nickte zustimmend und fragte:

„Wie stellst du dir denn das Ende der Geschichte vor? Immerhin haben sie jede Spur von diesem Typen verloren."

Cécile schnitt eine Grimasse.

„Das ist nicht einfach. Er verschwindet und ... wie sagte Foucault noch?"

„Welcher Satz von Foucault denn? Er hat tausende geschrieben ..."

„Idiot! Der, den sie immer wiederholen ... am Ende seines Buches da ... *Die Ordnung der Dinge*: Der Mensch wird entschwinden *‚wie am Meeresufer ein Gesicht im Sand'*. Ich stelle mir gerne vor, wie Tayeb am Ende friedlich am Strand lebt ... ein einsamer Strand mit einem Hund als Begleiter ... alles, was wir wissen, alles, was Mansour uns erzählt hat, ist, dass Tayeb in französischer Uniform gekämpft hat und an den Hängen des *Mont Cassin* oder vielmehr des *Monte Cassino* schwer verletzt wurde. Man sollte den italienischen Namen behalten, sonst klingt es zu sehr nach einer Etappe der Tour de France, der *Mont Cassin*, da stellt man sich bis obenhin gedopte Kerle vor, die den Berg auf Rädern hinauftänzeln ... Dann haben sie ihn total ohne Gedächtnis in die Heimat zurückgeschickt, und eines Tages, pppfffweg!"

„Warum soll er denn an einem Strand enden, *dein* Tayeb?"

Sie runzelte die Stirn und antwortete dann:

„Keine Ahnung ... weil ein Strand zwischen Erde und Wasser, das ist zwischen zwei Welten, weder das eine noch das andere ..."

François trank einen Schluck Orangensaft.

„Wenn du diese ... Erzählung schreibst, vergiss nicht Mansour bei den Dankesworten zu erwähnen. Vielleicht sollten wir ihm Rechte bezahlen."

„Tja, ... zugleich behauptet er ja, er habe nichts anderes getan, als nur laut vorzutragen, was ihm Massouda ‚übermittelt' hat. Ich nehme ihn beim Wort: Das alles gehört ihm also nicht mehr als mir. Wir sind Strauchdiebe von Geschichten. Morgen lege ich los."

4.

Tayebs Ende

Tayeb lebt am Strand – nicht am riesigen, allen zugänglichen El-Jadida-Strand, aber an einem anderen, südlich der Stadt, in der Nähe von Jorf Lasfar, ein wilder und wenig besuchter Strand, wo niemand etwas von ihm will, wo ganze Wochen verstreichen, ohne dass jemand vorbeikommt, denn es heißt, Gespenster gingen um, vielleicht sogar der Geist von Aïcha Qandisha, der legendären Kriegerin, die sich vor Jahrhunderten den europäischen Invasoren entgegenstellte.

Der Mann mit der kaputten Fresse, der Mann ohne Gedächtnis hat dort eine kleine, so bescheidene, so gebrechliche Hütte gebaut, dass die Gendarmen, die manchmal auf einer kleinen Straße oberhalb vom Strand vorbeifahren, sich nicht einmal die Mühe machen, sie zu zerstören; vielleicht zählen sie auf die Springflut oder den Chergui, *um sie in alle Winde zu zerstreuen.*

Er lebt in der Hütte mit seinem Hund, einem mageren ängstlichen Tier mit schmutzigem, schütteren Fell, der nur selten bellt. Doch ist es wirklich sein Hund? Wenn man sie beide auf dem Sand liegen sieht, beide stumm, beide reglos, der eine nicht dicker als der andere, fragt man sich, wer hier wen besitzt und dann schämt man sich für die Frage. Tayeb sieht nicht aus, als ernähre er sich, und scheint auch seinen Hund nicht zu füttern.

„Wovon leben die beiden?", fragen sich die Gendarmen.

Dann zucken sie die Achseln und ziehen weiter.

Der alte Mann besitzt nur ein paar zeitlose Gegenstände, die keinen wirklichen Nutzen zu haben scheinen und keinen Dieb anziehen. Tagsüber flüchtet er sich in eine Senke zwischen zwei Dünen, schützt seinen armen eingedellten Kopf mit Papier, Plastik, Pappe, Algen, mit allem, was ihm der Wind herweht. Sein Hund legt sich zögerlich zu ihm. Sie werden von Sandwellen verschluckt und verschwinden aus der Welt. Vielleicht wirft der Mann ein Auge auf das Meer, vielleicht träumt er vor sich hin. Vielleicht erlebt er immer wieder die Schlacht am Monte Cassino und jenen verhängnisvollen Augenblick, als die Explosion sein Gehirn wegfegte. Woher soll man das wissen? Die oben patrouillierenden Gendarmen zucken die Achseln. Wo ist der alte Narr nun schon wieder hin? Manchmal taucht ein Schiff auf, das zum Hafen von El-Jadida will. Es schmückt den Horizont eine Viertelstunde lang, tänzelt herum wie ein schöner Jüngling, oder bei ruhigem Wetter fährt es schnurstracks geradeaus wie eine strenge Matrone. Dann setzt sich Tayeb leicht auf, und sein Hund tut es ihm nach. Auf einen Ellenbogen gestützt, verfolgt er mit seinem Blick das dahinziehende Gefährt. Erinnert er sich daran, dass ihn vor ewigen Zeiten ein Schiff von Casablanca an die europäische Küste zu seinem tragischen Schicksal gebracht hat?

Gegen Abend verschwindet Tayeb eine knappe Stunde lang. Vielleicht geht er in die Stadt. Vielleicht durchwühlt er die unverkaufte Ware in den Kisten am Marché des Français, *der auf halbem Weg zwischen der Unterstadt und dem Plateau liegt. Dann fischt er eine halbverfaulte Tomate oder einen sauren Apfel zwischen zwei Holzbrettern heraus. Damit ist die Ernährungsfrage gelöst. Und der Hund? Vielleicht bringt der alte Mann ihm einen vom Metzger auf den Müll geworfenen Knochen mit. Am Ende ist es vielleicht wirklich sein Hund, wenn er ihn füttert. Früher, vor Jahrhunderten, schworen Tayebs Vorfahren schon bei der Geburt ihrem Stamm den wortlosen Treueeid. Im Gegenzug wurden sie ernährt und geschützt. In der verwüsteten Seele des alten Mannes, in jenem obskuren Labyrinth, ist dieses Wissen nicht verschüttgegangen.*

Bei Einbruch der Nacht kommt er zum Strand zurück. Er setzt sich auf den Sand und zündet den Zigarettenstummel an, den er auf dem Marché des Français *aufgesammelt hat. Es ist eine Geste, die er vor sehr langer Zeit, zu seinen Anfangszeiten als Soldat, im Regiment gelernt hat. Rauchen war Pflicht. Den Muslimen gaben sie keinen „Fusel"– zum Bedauern der Hierarchie, denn ein Soldat voll Fusel ist ein aufrechter Soldat, der „Mumm hat" und auf den Feind losrennt, um Hackfleisch aus sich machen zu lassen ... Wenigstens war ihnen der Tabak erlaubt, diesen mohammedanischen Teufeln, dadurch neigt man zu großen Gesten, und sie gingen auch mit feurigen Lungen auf Blei- und Stahlgewitter los, als seien sie gedopt durch Nicots Gewächs. Heute muss Tayeb keine Schlacht mehr liefern, er hat sie alle verloren, in einem einzigen Augenblick, am Fuß eines italienischen Klosters, doch der Zigarettenstummel bleibt sein Trost. Der beißende Rauch verbrennt seine Lungen, er hustet, spuckt; einen kurzen Augenblick lang fühlt er, wie er auflebt, ein paar Stimmen von früher murmeln ihm unbekannte Worte ins Ohr. Vielleicht Befehle? Gegenbefehle? Er bleibt wachsam, doch die Laute nehmen nie eine klare Form an.*

Er nimmt die kleine Flasche mit 90%igem Alkohol, die er im Sand neben der Hütte eingegraben versteckt hält; sicherlich hat er sie bei einem Krämer gestohlen; er nimmt einen Schluck. Wann hat er zum ersten Mal Feuerwasser getrunken? Ein Geheimnis. Sogar Orsini hatte es in seiner Jugend in Marrakesch nicht geschafft, ihn zum Trinken eines einzigen Tropfens Alkohol zu bewegen. Vielleicht ist es nach seinem Gedächtnisverlust passiert, als Gottes Verbote und Empfehlungen sich im Himmel des Lazio verflüchtigt hatten ... Es brennt stärker, er spürt, wie seine Eingeweide Feuer fangen. Der mit Iod beladene, leichte Wind vom Meer erfrischt sein Gesicht.

Vielleicht hat er nach dem ersten Schluck Halluzinationen. Man kann sich ein unbestimmtes Gefühl vorstellen, das an mit Verzweiflung vermischte Nostalgie erinnert; es wirbelt seine Seele durcheinander, wie die Brandung draußen das Geröll umgräbt. Blendende, kaum verständliche Bilder dringen durch seine geschlossenen Augen, aus denen ein paar Tränen quellen. Er sieht sich auf einem Rennpferd sitzend, stellt sich vor, wie er ein Gewehr schwingt und im Galopp ein höllisches Gefecht austrägt, wie in den Geschichten seines Vaters, des Hadj *Fatmi, wenn er seinen im Kreis um ihn herumhockenden Kindern die* Foutouhat, *die großen Eroberungen des Islam der ersten Jahrhunderte erklärte.*

Vielleicht ist es auch ein Bild des Dschihad *gegen die Spanier und Franzosen unter Abdelkrim, in jenen aufregenden Jahren, als er nur ein Heranwachsender war, jedoch die Kraft eines reinrassigen Pferdes besaß. Oder ist es viel banaler der Ablauf einer* Fantasia *von* Moussem? *Ist er überhaupt jener stolze Reiter? Woher soll man das wissen? Vielleicht ist es sein Vater oder sein Großvater, oder der Vorfahre, der dem Stamm seinen Namen gegeben hat ... doch alle diese Männer, an die er sich nicht mehr erinnert, diese gerade und tugendhafte Linie ist geschmolzen, wie Bleisoldaten auf dem Scheiterhaufen des Krieges der anderen, sie ist zu einem einzigen Magma geworden, das ihm den Magen verbrennt; dieses Magma ist das Einzige, was ihm eine Ahnung davon gibt, noch zu sein, jemand zu sein, er weiß nicht wer, doch er ist* jemand.

Mit immer noch geschlossenen Augen nimmt er einen weiteren Schluck Alkohol. Erneut zerreißt ihm das vertraute gezähmte Brennen die Eingeweide. Erneut spürt er den beruhigenden Wind auf seinen mageren Wangen. Die Welt bestraft, dann tröstet sie.

Jetzt sieht er einen Zedernwald, der sich majestätisch über die Flanken eines großen Berges erstreckt, er weiß nicht mehr, dass er ihn durchquert hat, um zu Abdelkrim zu gelangen, ... dann ein riesiger Palmengarten über den ein grausamer, freigebiger Pascha herrscht, ein Pascha, dessen Namen die Geschichte auszulöschen versucht ... und in der Ferne die Gipfel des Atlasgebirges, er marschiert, er marschiert mit vor Furcht flauem Magen, er biegt in eine enge Gasse ein, die zu einer grün gestrichenen Tür führt, in der Mitte ein Klopfer mit der Form einer Hand, die eine kleine Kupferkugel umschließt. Weiß er, dass es die Tür des Riad *ist, in dem er seine Kindheit verbracht hat? Wie jedes Mal, wenn er diese Vision hat, strengt er sich übermenschlich an, um den Klopfer zu ergreifen, der ihn als Kind so amüsiert hat, um die Tür aufzustoßen – doch er schafft es nicht. Tränen steigen ihm in die Augen und die Bilder verschwimmen.*

Jetzt ist die Nacht hereingebrochen, bald werden die Sterne einer nach dem anderen aufleuchten, die Dunkelheit wird die Flut beruhigen. Tayeb hört nur noch ein diffuses Wellenrauschen und weiß nicht mehr, ob er wirklich sieht, was er sieht, oder ob ihn seine Augen täuschen, er weiß nicht mehr, wo sein Körper aufhört und wo der Strand und das Meer beginnen, vielleicht ist es seine Brust, die vom Bug eines Schiffes aufgeschlitzt wird, mit einem klaren eleganten Schnitt, wie der eines Militärchirurgen in einem italienischen Krankenhaus ... Sicher träumt er. Wie könnte er in dieser mondlosen Nacht ein echtes Boot den Wellengang dort hinten durchbrechen sehen?

Woher kommt dieses Schiff? Wohin fährt es? Das sind Fragen, die er sich nicht stellt. Dieses Außerhalb, aus dem die Franzosen vor langer Zeit gekommen sind, hat er sich angesehen, er hat es sogar befreit, und er hat dort sein Leben gelassen – zumindest fast. Er hat keine Zukunft und weiß nicht einmal mehr, dass er eine Vergangenheit hat, die der Männer, die ihm ähneln, eine gewaltige Vergangenheit aus Edelmut, Großzügigkeit, Manneskraft, es ist eine lange Prozession von Männern, Reittieren und Staub, Millionen von Zentauren, die aus dem Osten und Süden herangaloppieren, die Täler überfluten, bis zur Brust ins Meer reiten, die Felsvorsprünge besetzen. Doch Tayeb lebt in der Gegenwart, einer ewigen Gegenwart, die jedes Mal genau einen Tag andauert. Die Granate des Deutschen hat der Zeit ein Ende bereitet.

Manchmal kommen trotz des Fluchs Männer zum Strand, sie sind oft in Gruppen und suchen nach Treibgut oder Flechten. Sie entdecken Tayeb, sprechen sich ab, wollen sich nähern, dann sehen sie den Hund und kehren um. Auch manchmal, aber sehr selten, tauchen Fremde auf der Suche nach Einsamkeit auf, sie legen Badetücher auf den Sand und schwimmen in den Wellen, weder blaue noch grüne Wellen, sie sind goldbraun, denn sie wirbeln den Sand auf und bringen ihn ans Licht. Die Fremden kehren zurück, hocherfreut über die Abkühlung im Ozean. Manche stellen sich vor Tayeb hin – die Christen scheinen keine Angst vor Hunden zu haben –, sie lächeln ihn trotz der hässlichen, entstellenden Narbe an und versuchen ein Gespräch zu beginnen.

Tayeb sieht sie schweigend an. Er traut ihnen nicht mehr als den Strandgutsuchern. Er versteht die Anwesenheit der einen nicht besser als die der anderen. Wer sind diese Körper ohne Uniform? Was hätte er ihnen im übrigen schon zu sagen? Manchmal sind die Fremden beharrlich, sie formulieren ungeschickt ein paar Worte in Arabisch oder in der Berbersprache. Der alte Mann im Sand hört sie nicht, sieht sie nicht einmal an. Die Eindringlinge zucken die Achseln und gehen. „Es ist nichts, nur ein alter, etwas verstörter Typ." Ja, ihr seid es, die ihn stört. Auf seinem kleinen Flecken Strand – das ist alles, was ihm von einem großen, von einer Granate zerfetzten Land geblieben ist – träumt Tayeb nicht mehr, doch die Fremden könnten für Tayeb träumen, sie schulden es diesem Mann, der sie früher verteidigt hat, ihre Welt verteidigt hat, auch wenn es beide Seiten nicht wissen. Alles finge wieder von vorne an, aber er hätte sein Gesicht an jenem Tag am Hang des Monte Cassino anderswo vergraben und am Abend hätte er zu den Siegern gezählt. Man hätte ihn durch das lichtdurchflutete Tal galoppieren sehen, im Sonnen- oder Mondlicht, wie auch immer, mit erhobenem Gewehr in der ausgestreckten Hand, und in der Ferne erste Bäume eines wie eine dunkle Mauer aufragenden, riesigen Zedernwaldes und der schneebedeckte Atlas. Afrika und Europa vermengt in einer Geographie der Apotheose.

Tayeb lebte mehr als zwanzig Jahre lang an seinem Strand. Er hatte mehrere Hunde, herumirrende Streuner, die anhänglich wur-

den, er überlebte die Kälte des Winters, die Hitze des Sommers, die verdorbenen Essensreste, die er ohne zu Kauen hinunterschluckte. Eines Tages dann, als er am Wasser stand, hörte sein Herz auf zu schlagen; er ging in die Knie und rutschte langsam in den feuchten Sand. Es war Ebbe. Die Brandung trug seinen mageren Körper in die offene See. Sein Hund witterte am Meer und bellte ein paar Mal unruhig.

In einem Riad *in Marrakesch hörten die Dadouchs aus dem Hinterzimmer deutlich ein Schluchzen oder einen erstickten Schrei.*

Dabei war die Kammer leer.

5.

Die Eröffnung

„Jetzt sind wir bald ein Jahr hier“, bemerkte François eines Tages beim Kaffeetrinken auf dem Jemaa-el-Fna-Platz. „Wir haben kein Geld mehr. Du kommst mit deinem Buch nicht weiter, entschuldige, wenn ich dir das so sage.“

„Es ist nicht einfach, vor allem wenn man mit dem Ende anfängt ...“

„Wir haben das ganze Ourika-Tal durchforscht, sind auf den Oukaïmeden gestiegen, nach Ouarzazate gefahren, haben die Felsschluchten des Dadès besichtigt, Zagora, und was von Sijilmassa übrig ist, gesehen ...“

Sie sahen sich schweigend an. Cécile murmelte:

„Ich habe den Eindruck, unser schönes *marrakschi* Abenteuer ist zu Ende.“

François nahm einen Schluck Kaffee.

„Sollen wir nach Hause fahren?“

„Wir fahren nach Hause.“

Sie hielten einen Augenblick inne. Wer würde als Erster darüber sprechen?

„Was ist mit dem *Riad*?“

Sie hatten es gleichzeitig ausgesprochen.

Mansour Abarro schlug eine Lösung vor.

„Warum verwandelt ihr ihn nicht in ein ‚Musée des tirailleurs marocains‘ oder der ‚Goumiers‘ oder etwas in der Art? Jetzt habt ihr so viele Dokumente zu diesem Thema ... Und all die Gegenstände, Medaillen, Uniformen ... Das wäre perfekt, der *Riad* ist gerade groß genug für ein solches Projekt. Ihr bleibt doch sowieso auf ihm sitzen. Dann, in ein paar Jahren, wenn alle diese Geschichte vergessen haben werden, könnt ihr es euch ja überlegen. Vielleicht ist er dann das Doppelte wert."

François und Cécile waren sofort von dieser Idee begeistert.

„Aber wie setzt man das um?"

„Es ist einfach: Ihr stellt der Stadt euer Haus und euer Archiv zur Verfügung, und die übernehmen das Weitere, Transport der Dokumente in den Riad, Verwaltung, Unterhalt, Bewirtschaftung. Ich kenne den Bürgermeister, wir sind in derselben politischen Partei, ich kann es arrangieren. Ich bin sicher, sie werden zum Dank ein kleines Messingschild mit euren Namen anbringen."

Beide Franzosen lehnten zeitgleich lautstark ab und produzierten einen verschachtelten Satz.

„Bestimmt (o nein!) nicht! Wir wollen nicht bis zum Ende der Jahrhunderte von Geistern (Gespenstern!) verfolgt werden (Vielen Dank auch!). Wie in dem Film ... (wie im Buch) ... im ‚Fluch der Pyramide' (mit Dingens...)"

Mansour Abbaro lachte schallend.

„Seid ihr etwa abergläubisch?"

„Nein", antwortete François lächelnd, „aber es scheint, das funktioniert auch, wenn man nicht daran glaubt."

Ein Jahr nach ihrer Ankunft in Marrakesch übergaben sie also ihr Archiv und den Schlüssel des *Riad* an die Stadt. Wenige Tage später wurde im „Museum" eine kleine Feier organisiert, trotz der Bedenken der beiden Franzosen, die befürchteten, die alte Dame wiederzusehen, und es vorgezogen hätten, wenn alles im Bürgermeisteramt oder in einem Hotel stattgefunden hätte.

Die Stadtväter kamen zu Fuß in die gewundene Gasse, gefolgt von einigen Journalisten und Neugierigen. Ein Mokhazni wurde an der Tür stationiert, damit nur Leute mit Einladung oder Pressekarte vorgelassen wurden. Die kleine Gruppe ging durch ein Zimmer nach dem anderen und betrachtete die ausgestellten Gegenstände, Karten an der Wand, Fotos, Uniformen hinter Vitrinen. Die zuständigen Stellen im Bürgermeisteramt hatten ihre Sache gut gemacht.

Als die Delegation das kleine Hinterzimmer betrat, blieben François und Cécile an der Schwelle; sie erwarteten unmittelbar überraschte oder erschreckte Schreie. Doch nichts geschah. Die Offiziellen verließen das Zimmer wenige Minuten später, lächelnd, plaudernd, eben gesehene Gegenstände und Fotos kommentierend. François und Cécile betraten ihrerseits das kleine Zimmer und durchforschten es mit Blicken.

Nichts!

Die alte Dame war nicht mehr da.

Dabei hatte Mansour ihnen versichert, dass sie vorige Woche noch da gewesen war. Inmitten des Patio stand der Bürgermeister unter einer Art Sonnenschirm, den ein Mitarbeiter über ihn hielt, und hielt eine Rede, in der er Monsieur und Madame Girard für ihre Großzügigkeit dankte und für „das strahlende Beispiel französisch-marokkanischer Freundschaft", das diese beiden „prominenten Historiker" darstellten. François und Cécile tauschten einen belustigten Blick. Nach der Rede und ein paar verlegenen Worten, die François aussprach, näherte sich ihm der Bürgermeister mit einem Glas Orangensaft in der Hand.

„Sagen Sie mal, Monsieur Girard, was ist mit dieser Gespenstergeschichte?"

„Bah...", wich François aus.

Der Bürgermeister gab nicht auf:

„Professor Abarro, der bei mir in der Partei ist und den ich sehr schätze, hat mir versichert, er habe es gesehen. Besser noch: Das Gespenst habe etwas von Ihnen verlangt?“

François wusste nicht, ob der Bürgermeister sich dumm stellte, um ihm die Würmer aus der Nase zu ziehen oder ob er wirklich nichts von dieser Geschichte wusste, die in ganz Marrakesch herumgetratscht worden war. Er fasste ihre Erlebnisse in der Stadt Youssef Ibn Tachfines kurz zusammen.

Der Bürgermeister nahm einen Schluck Orangensaft. Seine Augenbrauen runzelten sich über seinen zusammengekniffenen Augen, als versuche er ein schwieriges Problem zu lösen.

„Wenn“, sagte er, „die alte Dame also heute verschwunden ist, haben Sie ihr folglich den Sohn wiedergebracht.“

„Es war nicht wirklich ihr Sohn, es war nur ein feierliches Versprechen, das sie der Mutter dieses ... Tayeb gegeben hatte. Zumindest wenn man Herrn Abarro Glauben schenkt. Er ist heute unser Freund, ich mag ihn, doch ich verdächtige ihn, die ganze Sache von Anfang an ausgeheckt zu haben. Vielleicht war die alte Dame seine Komplizin. Freiwillig oder unfreiwillig ...“

„Doch warum hätte unser Freund Abarro das tun sollen?“

François unterdrückte die Antwort, die sich in seinem Kopf gebildet hatte. („Keine Ahnung. Manchmal sind die Marokkaner merkwürdig.“)

Er begnügte sich mit einer hilflosen Geste.

„Vielleicht wollte er uns eine Lektion erteilen, da wir hier gelandet sind, ohne irgendetwas über das Land zu wissen ...“

„Eine Geschichtslektion?“

„Genau. Oder einfach eine Lektion. Doch warum hat er es nicht mit Bergé, Delon oder allen anderen getan?“

Cécile gesellte sich zu ihnen. Der Bürgermeister lächelte ihr zu und nickte kurz, dann kam er auf François zurück:

„Na, das ist, weil Sie das Unglück hatten, genau gegenüber

von ihm einzuziehen! In gewisser Weise waren Sie ja bei ihm zuhause."

„Wie das denn?"

„Nun, Ihr Riad hat früher seiner Familie gehört."

„Was??", riefen beide Franzosen im Chor.

„Ja, Mansour ist der Enkel ..., nein, der Urenkel von *Hadj* Fatmi. Als er nach dem Studium aus Frankreich zurückkam, hat er sich im Haus seines Vaters niedergelassen, in derselben Straße wie der *Riad* seiner Vorfahren."

„Das ist ja unglaublich! Dann ist Tayeb sein Onkel? Sein Großonkel?"

„Genau."

„Aber er hat doch einen anderen Namen", gab Cécile zu bedenken.

„Er stammt über seine Mutter von *Hadj* Fatmi ab. Sie hat einen Abarro geheiratet."

„Davon hat er uns nie etwas gesagt. Doch wenn ich darüber nachdenke, erklärt sich jetzt alles", rief François und wandte sich an Cécile. „Das habe ich dir vom ersten Tag an gesagt. Es ist ein abgekartetes Spiel. Mansour hat uns ganz schön reingelegt."

„Aber ... und der Kommissar? Der furchtbare Typ mit dem Schnurrbart. Er wurde doch gelähmt oder vom Blitz getroffen oder vom Teufel mit dem gespaltenen Bein ..."

Der Bürgermeister hüstelte diskret.

„Sprechen Sie von Kommissar Chaâbane?"

„Scha-man, genau."

„Er und Mansour kennen sich sehr gut und seit langem. Zu einer bestimmten Zeit haben sie sich entzweit, dann wieder versöhnt. Man könnte sogar sagen, sie waren ... sie sind Freunde."

François wandte sich an seine Frau und rief:

„Erinnerst du dich? Mansour hat uns geraten, ihn aufzusuchen! Sie steckten unter einer Decke! Vielleicht hat der Kommissar alles simuliert!"

„Ja, aber das erklärt nicht alles. Und die alte Frau? Eine Komparsin?"

„Oder einfach nur eine arme Hundertjährige, die nie gewusst hat, was ihr widerfährt? Ich bin sicher, er hat sie heimlich ernährt. Vielleicht lebte sie vorher bei ihm? Er musste sie nur über die Straße bringen, um sie bei uns anzusiedeln. Sicher hatte er einen Zweitschlüssel, wenn der *Riad* seiner Familie gehört hatte. Oder aber Benoît ist in die Sache verwickelt. Ach, diese Schmutzfinken!"

Die beiden Franzosen sahen den Bürgermeister fragend an, als besitze er die Lösung des Rätsels. Der Bürgervertreter machte eine ausweichende Geste, die sie nicht interpretieren konnten. François murmelte nur:

„Wir haben noch nicht alle Geheimnisse Marrakeschs ausgeschöpft."

„Sie wirken nicht verbittert", bemerkte der Bürgermeister.

„Nein, immerhin haben wir eine unerhörte Geschichte erlebt und vielleicht entsteht ein Roman daraus. Nicht wahr Cécile?"

Der Bürgermeister kam auf die Frage zurück, die ihn beschäftigte:

„Aber die alte Dame ist wirklich verschwunden. Sie haben Tayeb also zurückgebracht?"

François unterdrückte eine irritierte Grimasse.

„Aber wie sollen wir denn diesen fabelhaften Tayeb, wie Sie sagen, ‚zurückgebracht' haben, den wir nie gesehen haben und von dem keiner weiß, was aus ihm geworden ist? Er ist ja weniger ein Wesen aus Fleisch und Blut, als ein Symbol: Mit drei Müttern, einer Berberin, einer Araberin, einer Schwarzafrikanerin – da fehlt nur noch die Jüdin – ist er der Marokkaner an sich, der Archetyp, der Gradmesser, das hat Mansour oft genug wiederholt. Bravo. Tolle Metapher. Doch wir sind im Jahr 2010, der Held, der Pétains Bart aufgezwirbelt und ganz allein Italien befreit hat, wäre heute über hundert!"

„Schade. Das würde erklären, warum *Ihr* Gespenst verschwunden ist."

„Wie das?"

„Nun, es scheint offensichtlich: Tayeb ist in den *Riad* seiner Kindheit zurückgekehrt, damit ist die Aufgabe der alten Dame erledigt, ihr Versprechen eingelöst ... sie hat nun das Recht zu entschwinden, endlich in den Himmel zu ihrer Herrin zu kommen ..."

François wusste keine Antwort.

Zwei Tage später war das Paar zurück in Paris.

Epilog

Die Eröffnung ist zu Ende. Der *Riad* ist wieder zur Ruhe gekommen.

An einer Wand des Hinterzimmers hängt ein schönes Schwarzweißfoto, das Cécile in einem spezialisierten Buchladen in der *Rue Bonaparte* aufgetrieben hatte; es sticht heraus, als erstrahle es ständig in einem besonderen Licht. Darauf ist eine Gruppe marokkanischer Tirailleurs auf einem Quai im Hafen von Casablanca zu sehen, als sie sich nach Europa einschiffen, wo harte Kämpfe unter dem Befehl von General Guillaume sie erwarten.

Auf der kleinen Notiz unter dem Foto kann man lesen, dass es sich um ein Regiment mit der Devise *En avant avec joie / Freudig vorwärts* handelt, das mit dem Verdienstkreuz 1939–1945 und mit drei ehrenvollen Erwähnungen im Tagesbefehl der Armee ausgezeichnet wurde sowie mit dem scherifianischen Militärorden.

Die Notiz erwähnt die Namen der Männer nicht. Sie stehen auch nicht auf der Rückseite des Fotos. Sie werden auf immer anonym bleiben.

Mitten in der Gruppe steht ein schöner, schlanker Mann mit offenem Blick, von mittlerer Größe, der mit der ruhigen Gelassenheit desjenigen in die Kamera blickt, der bereits im Kugelhagel stand und den das Leben nicht mehr erschrecken kann.

Es ist ein Feldwebel der französischen Armee.

Es ist Tayeb.

Glossar

Barbarie – bis ins 19. Jahrhundert war *Barbarie* in Frankreich der Name für die Gebiete in Nordafrika (Marokko, Algerien, Tunesien und Libyen). Ursprünglich hergeleitet vom lateinischen Wort *barbarus* (= fremd) wurde die nordafrikanische Küste als „Côte des Barbaresques" bezeichnet.

Berrads – marokkanische Teekanne

Boche, boches – umgangssprachlich und abwertend für „Deutscher, Deutsche"

Caïd – Kaid oder Caïd ist ein Titel, der im normannischen Königreich Sizilien verliehen wurde. Er wurde an Palastbeamte und Mitglieder der Kurie, in der Regel an Muslime oder Konvertiten aus dem Islam, häufig Eunuchen, verliehen. Im arabischen Ursprungraum im Maghreb bedeutete *Kaid* Meister oder Führer, entweder örtlicher Repräsentant der zentralen Staatsmacht oder regionaler Führer eines unabhängigen Stammes. Zu Letzteren zählte Caïd Moha ou Hammou, ein Berber-Führer, der sich in der Gegend von Khénifra in Marokko Anfang des 20. Jahrhunderts der französischen Kolonialarmee widersetzte.

Chibaniyya, Chibani – „alt", gängige Bezeichnung für alte Menschen im Maghreb

CP, CE, CM1, CM2 – Die Abkürzungen für die französischen Grundschul-Klassen: *CP* = Cours préparatoire, *CE* = Cours élémentaire, *CM1* = Cours moyen 1, *CM2* = Cours moyen 2

CTM – Compagnie de Transport au Maroc

Dahir – Dekret des marokkanischen Herrschers

„die falschen Eheleute Girard" – Anspielung auf die Sabotage des Greenpeace Schiffs *Rainbow Warrior*. Das Schiff wurde 1985 in Neuseeland von zwei Agenten des französischen Geheimdienstes sabotiert, die als die „falschen Eheleute Turenge" in den Medien auftauchten. Bei der Sabotage kam der Fotograf Fernando Pereira ums Leben.

Dhkir – Gedenken, auch *Dhikrullah* = Gedenken an Gott

Djinn – arab. Geist, Dämon

Frey mit dem Schopf – frz. *Frey la houpette*, Anspielung auf Roger Frey, einen Minister von de Gaulle

Fantasia – arabisches Reiterspiel

Fatiha – Die Eröffnende, erste Koransure

Fellahin – Bauern, Landarbeiter, Sing. *Fellah*

Fondouk – Karawanserei

Fqih – Experte in islamischem Recht

Gandura – ein unter dem Burnus getragenes, knöchellanges Hemd

Hadj – Ehrentitel, Mekka-Pilger

Haïk – ein Schleier für Frauen (ca. 6 × 2,20 m groß), der den Körper umhüllt

halal – arab. Begriff für koscher

Hammam – Bad

Isha' – das Abendgebet

Istiqlal – Partei der Unabhängigkeit; die älteste Partei Marokkos, gegründet 1944 von dem islamischen Rechtsgelehrten Allal al-Fassi

Kouffar – die Ungläubigen

Le Canard Enchaîné – französische Satire-Zeitung

Le Roi de la Bière – Der König des Bieres

Lonely Planet – australischer Verlag, der auf Reise- und Sprachführer spezialisiert ist

Ma cha' Allah – arab. Redewendung: „Wie / Was Gott will"

Makhzen – Gesamtheit der marokkanischen Administration, insbesondere unter dem französischen Protektorat

Marabout – islamischer Weiser, Heiliger, Einsiedler

Mektoub – arab. Schicksal, wörtlich: „Das Geschriebene“

Moussem – ein Moussem oder Waada ist ein ursprünglich religiös motiviertes Fest (Pilgerfahrt) im Maghreb zu Ehren eines Heiligen (sidi, moulay oder cheikh)

Nasrani – Bezeichnung der Christen im Koran und in der arabischen Welt

Paris-Match – französische Boulevard-Zeitschrift

Quai d'Orsay – Sitz des frz. Außenministeriums in Paris und daher im Volksmund die Bezeichnung des Außenministeriums von Frankreich

Regulares – (eigentlich: *Fuerzas Regulares Indígenas*: Reguläre Indigene Kräfte) ein Elitegroßverband des spanischen Heeres, heute vor allem in den Plazas de soberanía entlang der marokkanischen Küste stationiert, nehmen aber auch gelegentlich an internationalen Friedensmissionen teil. Ursprünglich wurden die Regulares aus der einheimischen Bevölkerung von Spanisch-Marokko rekrutiert, heute großteils aus den Einwohnern von Ceuta und Melilla.

Scherif – arab. edel, vornehm; der religiöse Titel der Nachkommen Mohammeds.

Seddari – marokkanische Sitzecke

Seltsamer Krieg – frz. *drôle de guerre*, frühere Bezeichnung für den sogenannten Sitzkrieg, die erste Phase des 2. Weltkrieges an der Westfront, als Franzosen und Deutsche sich gegenüberstanden, aber militärisch weitgehend passiv blieben.

Souk – Markt

Spahi – Pl. *Spahis;* Bezeichnung für die von den Franzosen in Nordafrika aufgestellten einheimischen Reiterregimente

Tadelakt – von marrokanisch-berberisch *dellek* = kneten, drücken; antiker marokkanischer Kalkputz

Travadja, la Moukère – Schlager der *Pieds Noirs* (Franzosen in Marokko), aus den 1930er Jahren, ziemlich rassistisch

Umma – Islamische Staatengemeinde

Ya Latif – *al-Latif* ist einer der 99 Namen für Gott. Jeder dieser 99 Namen beschreibt eine der Eigenschaften von Gott. Latif bedeutet: Der das Feinste in allen Dimensionen erfasst, der Feinfühlige, der Gütige

Zellige-Fliesen – handgemachte Tonziegel

Nachfolgende Liedtexte werden im Roman zitiert:

Elles te feront un blanc manteau / où tu pourras dormir … – *Les neiges du Kilimandjaro*, frz. Schlagerschnulze aus dem Jahr 1966 von Pascal Danel

C'est aujourd'hui dimanche / j'vais voir ma p'tite maman – Titel *Les Roses blanches*, frz. Schnulze aus dem Jahr 1925, die bis heute in Frankreich populär ist. Ein armer Junge bringt seiner Mama jeden Sonntag weiße Rosen ins Krankenhaus. Er wird dabei erwischt, wie er sie stiehlt, aber die Blumenhändlerin hat Mitleid und lässt ihn laufen. Doch als er ins Krankenhaus kommt, ist die Mutter tot. Der Text stammt von Charles-Louis Pothier, die Musik von Léon Raiter. Das Lied wurde im Laufe der Zeit von vielen Künstlern gesungen.

Il est, paraît-il, des terres brûlées … donnant plus de blé qu'un meilleur avril! – Textzeile aus dem Lied *Ne me quitte pas* von Jacques Brel aus dem Jahr 1959.

IM ROMAN WERDEN TEXTPASSAGEN AUS DEM KORAN ZITIERT:

S. 88 – *„Sie fragen dich nach der Beute. Sag: Die Beute gehört Allah und dem Gesandten."* – Sure 8, Die Beute

S. 90 – *Oua-l-,aadiyaati dhabha ...* – Sure 100, Die Rennenden

S. 105 – *„Wir haben ihn wahrlich in der Nacht der Bestimmung herabgesandt. Woher sollst du wissen, was die Nacht der Bestimmung ist? Die Nacht der Bestimmung ist besser als tausend Monate. In ihr kommen die Engel und der Geist mit ihres Herrn Erlaubnis herab, mit jeglichem Auftrag. Frieden ist sie bis zum Anbruch der Morgenröte."* – Sure 97, Die Bestimmung

S. 120 – *„Wenn die Erde von ihrem gewaltigen Beben erschüttert wird und ihre Lasten an Toten von sich gibt ..."* – Sure 99, Das Erdbeben

Boualem Sansal

DAS DORF DES DEUTSCHEN

Roman
Deutsch von Ulrich Zieger
288 Seiten, Klappenbroschur, ISBN 978-3-87536-281-7

Die Brüder Rachel und Malrich Schiller werden nach der grausamen Ermordung ihrer Eltern mit der Vergangenheit ihres deutschen Vaters konfrontiert. Der ältere der beiden, Rachel, zerbricht daran. Malrichs Versuch zu verstehen, führt ihn von der Vergangenheit des Vaters in die Abgründe der Gegenwart ...
Eine dichte Reflexion über Schuld und Verantwortung und ein leidenschaftliches Plädoyer für Freiheit und gegen jedwede Ideologisierung und Entmenschlichung.

„Ungetrübte Bewunderung."

Johannes Willms, Süddeutsche Zeitung

„Sorgfältig übersetzt, aufschlussreich, voller Spannung und lesenswert." *Joseph Hanimann, FAZ*

„Ein dichtes, den Leser in Bann schlagendes Meisterwerk eines der mutigsten Autoren des Maghreb."

Ilja Trojanow für die Weltempfänger Bestenliste

MERLIN VERLAG
21397 Gifkendorf Nr. 38

Die Übersetzung aus dem Französischen wurde mit Mitteln des Auswärtigen Amtes unterstützt durch Litprom – Gesellschaft zur Förderung der Literatur aus Afrika, Asien und Lateinamerika e.V.

Satz: MERLIN VERLAG, Gifkendorf
Umschlag: Designbüro Möhlenkamp & Schuldt, Marlis Schuldt und Jörg Möhlenkamp, Bremen, unter Verwendung eines Fotos von bricef – Fotalia
Druck und Einband: freiburger graphische betriebe GmbH., Freiburg
1. Auflage, Gifkendorf 2015
im 58. Jahr des Merlin Verlags
ISBN 978-3-87536-314-2
www.merlin-verlag.com